貓咪也瘋狂 03

WHAT'S MICHAEL? KOBAYASHI MAKOTO

U0026316

小林誠

小林まこと

目錄

Vol.72
麥可家族的一天

麥可的小孩
迷你可，
相當的孝順。
＊舔舔
ペロン
ペロン
他會幫麥可舔毛，
整理毛髮……
＊舔舔
ペロ
ペロ
ペロ
但因為還是個孩子，
做得不是很好……
麥可的頭
經常變成
三七分。

麥可為了謝謝迷你可，也會幫他舔毛……
*舔
ベロン
但是麥可的舌頭力道太大了，
*舔
ベロン
輕如鴻毛的迷你可每舔必飛。
*啪嗒啪嗒
麥可會用自己的尾巴陪迷你可玩。
パタ
パタ

ガブッ!
*咬
儘管有時候真的很痛，身為父親也只能忍耐……
但是，這樣怒氣沒辦法發洩……
所以就會做出這種事……
ガブッ!
*咬

ウ～
＊嗚～
於是，
夫妻吵架
開始了……
キック
キック
キック
キック
キック
キック
＊踢踢踢
看見這幕
的迷你可
……
因為不曉
得該怎麼
做……
所以開始
斜著走……

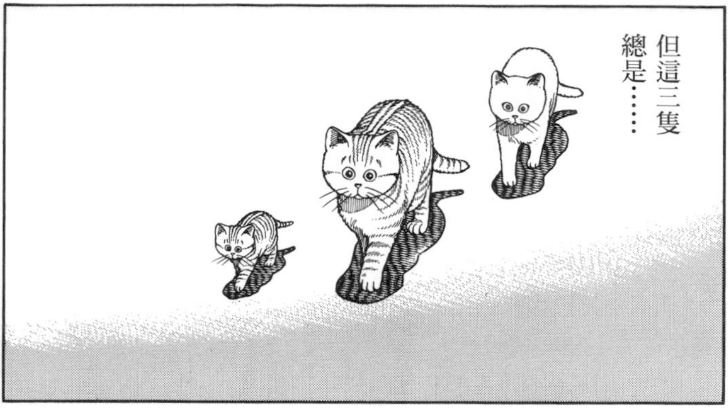
但這三隻
總是……

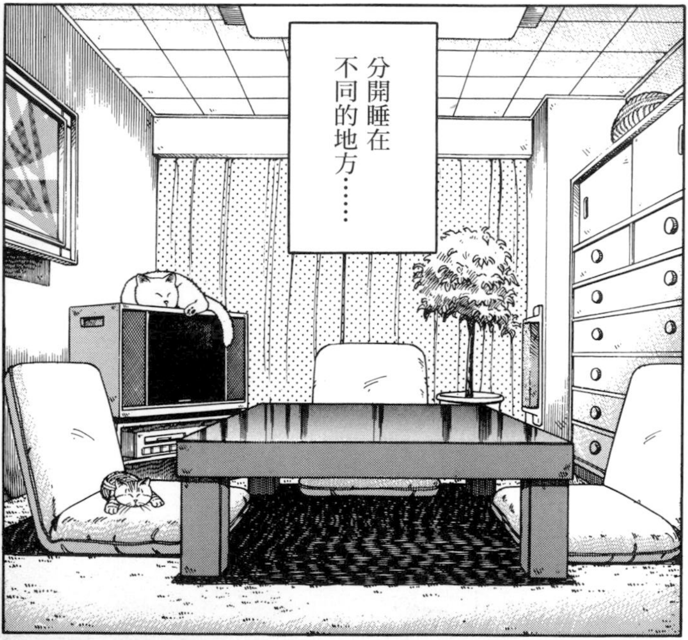
分開睡在
不同的地方……

THE END

Vol.73 老人與貓

好～～來吧，費耶羅！
去吧！費耶羅！
去囉！
シュルルルルル……
＊旋轉飛出
上啊，上啊！
……
ゴン
＊叩嘍

你難道不懂我的心情嗎？
我是為了你才這麼做的耶！
我們再來一次吧！
……
呵呵……
我年輕的時候，
也像這樣想跟貓咪好好培養感情呢……
喂，年輕人！
咦……

你太嫩了……
那麼做是無法理解貓咪的心情的……
你是誰啊！
呵呵……你姑且叫我「貓咪心靈之友」吧！
蛤……
呵呵呵，是隻和麥可很像的可愛貓咪呢……
……
……
……
嗚喵
……
……
嗚喵喵喵嗚喵喵，嗚喵喵喵
……
你、你會說貓語嗎？
呵呵呵……對啊。

我以前養了一隻叫麥可的貓，
長期和那隻貓相處修行下來……才達到了這樣的境界呢……
要理解貓咪的情緒，這種半強迫的態度是不行的，
重點是要抱著拜託的心情，
我來做給你看。
……
好、好的。
嗚喵～～
ポイ
*丟
嗚喵
嗚喵
嗚喵

*叩嘰
啊！
……
……
……
你在幹什麼！
閉嘴！
這種講不聽的貓咪只能用這種方式！
你說什麼～
你只說嗚喵嗚喵的，他完全聽不懂啊！
你這種小鬼懂什麼啊～
這男人修行得還不夠呢……

THE END

Vol.74 情侶與貓

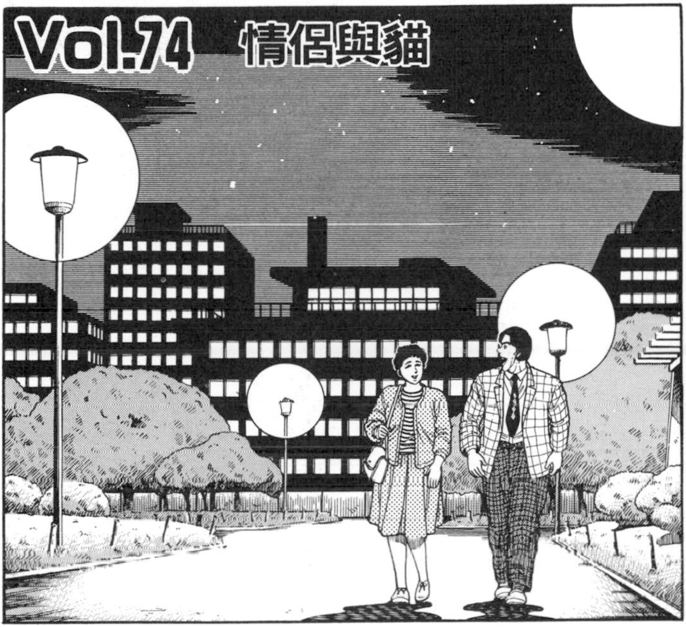

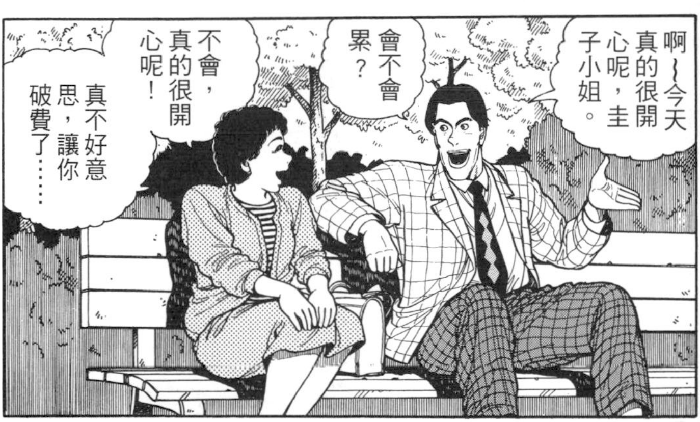
啊～今天真的很開心呢，圭子小姐。
會不會累？
不會，真的很開心呢！
真不好意思，讓你破費了……

哪裡……
不要在意那個……
圭子小姐……
……
……
……
咦？
有貓耶，好可愛唷～～～！
真……真的耶，好可愛……
我很喜歡貓呢！
真的嗎～～
哈哈哈，我也是！
哎～～怎麼說呢，今天真是愉快的一天～～
就是啊～～
圭子小姐……
怎麼了，紀雄先生？

其實……
那個……
……
旅……
要去旅館嗎？
……
喔～～好乖好乖啊哈哈哈
呼嚕呼嚕
抱歉～～我只要看見貓就情不自禁～～
真的呢～
哎～～怎麼說呢，今天的雲霄飛車真是太刺激了～～
真的，好刺激喔～～
那個，總之呢……
圭子小姐……
什麼事，紀雄先生？

就是說，
那個……
有件事我無論如何都想跟妳說……
那……那就是，那個……
ダダ……
*嗒嗒
這樣說也許有點假……

就是我愛妳啦……
嗚喵！
嘿！
＊抽
＊啪啊
啊……
對不起對不起~我不是故意的~
沒關係啦！哈哈哈哈哈哈
你剛剛要說什麼？
啊？
沒有~沒什麼大事，不要緊。
總覺得有點累了~
因為一整天都在走路呢~

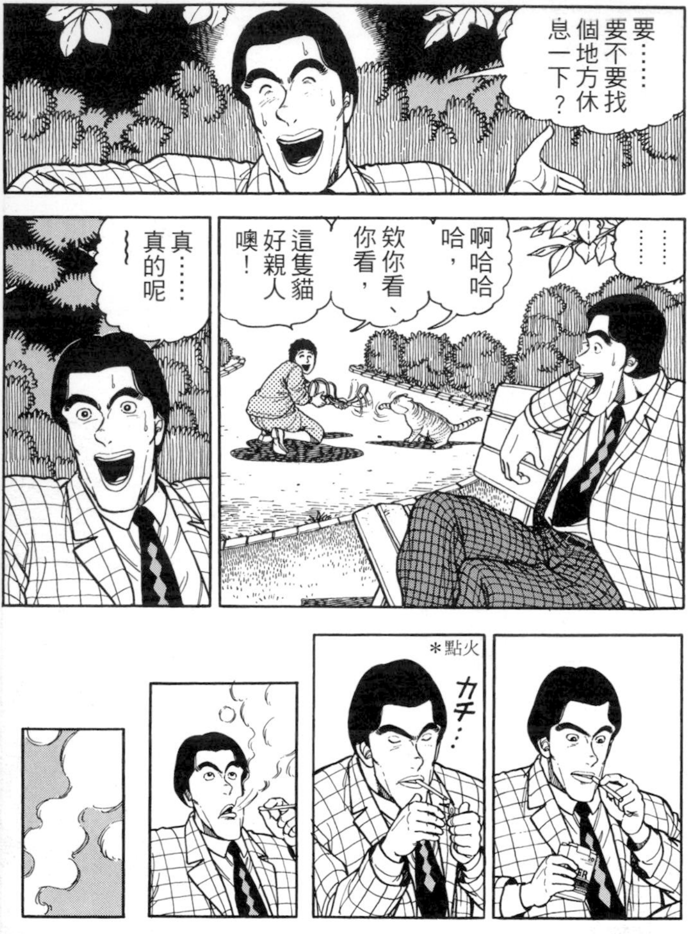
要……要不要找個地方休息一下？
……
啊哈哈哈，欸你看、你看，這隻貓好親人噢！
真……真的呢~
*點火
カチ…

THE END

Vol.75 小偷

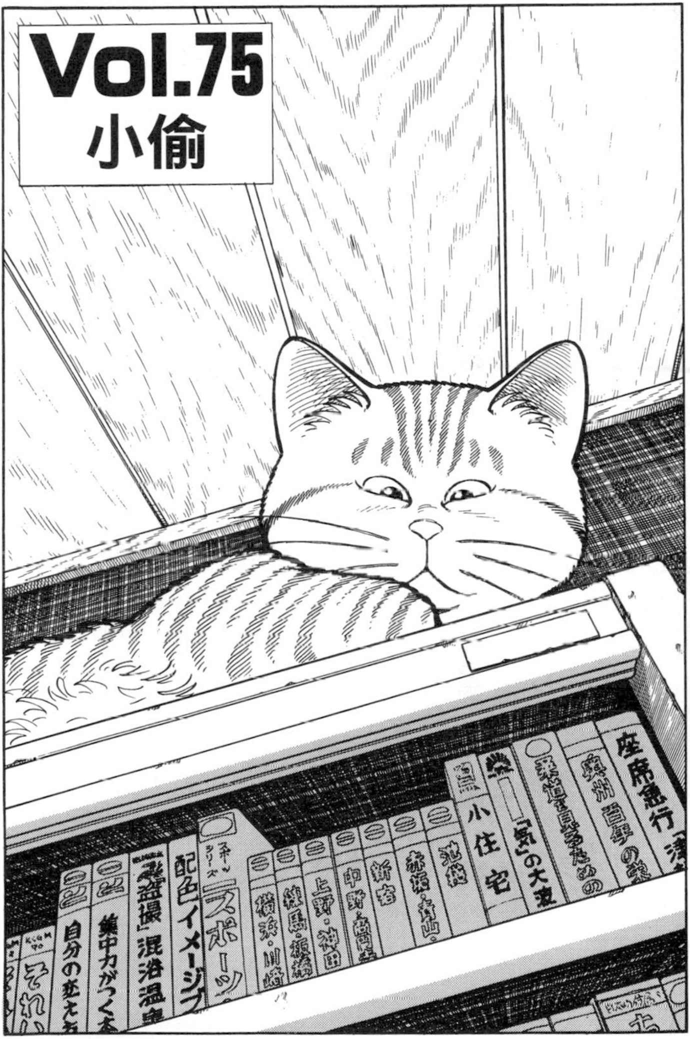

呼哈
呼哈
ダダダダッ
呼哈
呼哈
ダダダ
呼哈
呼哈
＊嗒嗒嗒嗒
呼哈
呼哈
呼哈
呼哈
呼哈
呼哈
呼哈

＊奔
＊奔
病院
自動車
＊嗖
＊跳

＊咚咚咚咚
小偷～～～
來人啊～～
有小偷～～
抓小偷啊～～
什麼！
什麼被偷了！
價值九千八百圓的包包，裡面有八千圓現金！
新鮮的竹筴魚！

嘎……
啊！
就是那傢伙~~
就是那男的！
什麼！
就是那隻貓！
站住~~
小偷~~！
*咚咚咚咚
可惡~~
*咚咚咚咚
*衝
嗚喵！
啊！

嗚喵喵喵！
*嗖
唔喔~~
*碰
小偷！
逮到你了！
咿……
當小偷，果然還是貓比較厲害。
嗚喵嗚喵
嗚喵嗚喵
警察先生！
請你也抓住那隻貓~~
沒辦法啦！
ムシャムシャ
*嚼嚼

THE END

Vol.76
黑道K「和麥可的邂逅」
チカッ…
＊.嘁呀
咪~
咪~
咦……
咪~
咪~
……
那是……流浪的小野貓……

咪吱~~
ペロペロ……
*舔舔
好……
好可愛~~~~!
……
……
*奔
ダッ
請給我一份鰹魚塊!
小林商店
好的!
*奔
ダダッ
啊……

呀～～好可愛喔～～
咿呀！
ミィ～
我這裡有起司，來餵他看看！
*咪～咪～
……
……
哇～他吃了耶～～
咿呀！
妳看，他在呼嚕呼嚕呢～～！
好可愛喔～～
呀～他的小手手也好可愛喔～～
耳朵也好可愛～～！
咿呀！
……
要保重噢，小貓咪。
掰掰囉～～
……

……
……
ダッ
*衝
哎呀，真是可愛的貓咪～
!!
咪吱
……
乖乖，給你一塊火腿吧～
咪咪
啊哈哈哈，好吃嗎？
慢慢吃喔。
要好好的長大唷！
掰掰啦～
……

……
＊衝
啊！
大哥！
你在這裡做什麼啊？
啊！
沒、沒有啊！
打算等下回家吃鰹魚塊！
這樣啊！
我先走了。
欸！

THE END

Vol.77
喜歡的地方
老大！這就是被害人的遺物。
嗯……
這、這是……
ダラ
＊垂下
啊……
看不見了啦，麥可！
麥可你的尾巴～～～

咦……
尾巴尾巴～～
擋住了啦～～
尾巴啊～～
……
跟你說尾巴啊～～
尾巴尾巴～～
……
……
不是啦～～
不是搖尾巴，是收起來啦～～
……
真是的～～

尾巴不要垂下來！
……
是線民打來的，走！去銀座。
是！
啊啊啊~~
又來了~~
你下去啦~~
嗚喵喵！
不准再跑到電視上面~~
*跳
真是的~~
因為電視機上面很溫暖，變成麥可喜歡的地方了呢~~

好了好了
這樣終於可以好好看電視了。
我想請教您一些事……
好的……
妳有看過這個男的嗎？
噢！這個人……
剛剛才經過香菸鋪
那個轉角喔！
怎麼了？怎麼了？
啊啊啊～～

咦……
喂~~
吼~~
去那邊啦！
同一時間，隔壁家則是……
……
……
嘶啊~~

THE END

Vol.78 聲音

WHAM

*音樂聲
ズンズン
*噗滋
プッ……
*音樂聲

……?
＊音樂聲
＊音樂聲
＊噗滋噗滋噗滋

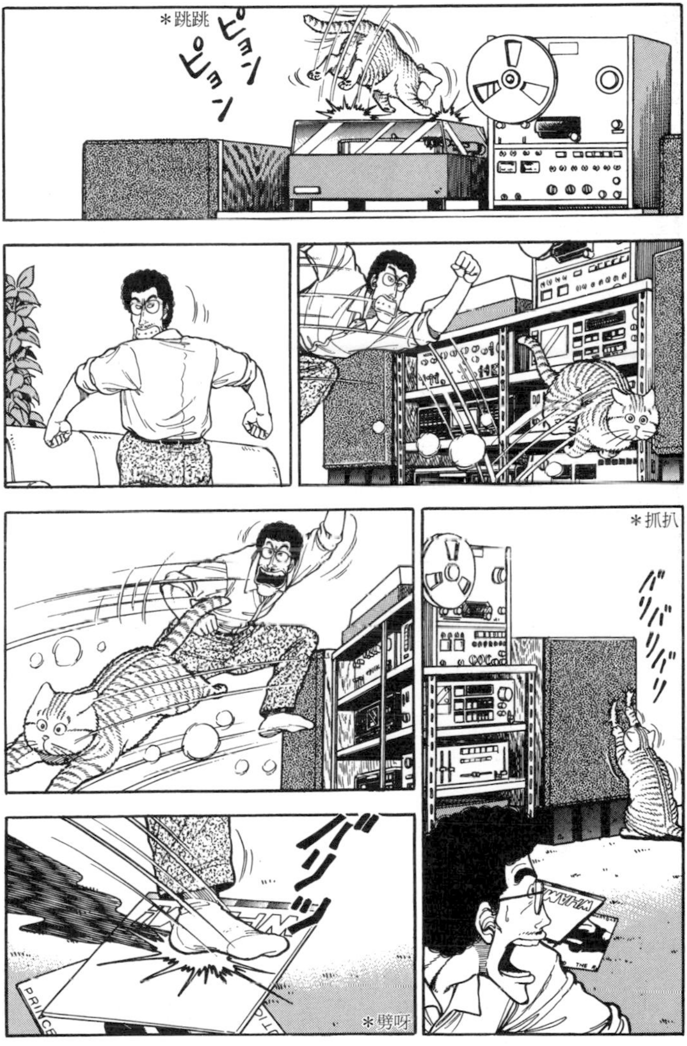
＊跳跳
ピョン
ピョン
＊抓扒
バリバリバリ
バリッ
＊劈呀
PRINCE
WHAM!

THE END

Vol.79 貓狗大戰
ぱい
「賭牌的麥可」
＊咯啦咯啦
＊嘁啊
チャッ
唔……
＊滾滾滾
＊丟

＊嘎噠
ガタ
嗚喵！
＊啪嘁
你們不要骰子一滾就要玩！
要玩幾次才過癮啊！
嗚喵……
＊嘁啊
好～～
聽牌！
唔……
＊啪嘁
嗯唔～～……
＊舔舔
ペロペロ…
＊擦擦
ゴシゴシ…
不要現在洗臉，
快點摸牌！
唔……
唔～～嗯……

＊瞄
咦……
チラ…
哼……
!!
咦……
プルンプルン
＊搖搖
＊去
啊！
狗狗伸之助因為看見三筒開心地搖尾巴，被看出來在等那張，所以最後胡不了牌……
可惡~
ジャラジャラ
＊喀啦喀啦
……
＊啪嘁
聽牌！
唔……
呃~

＊喵
咦……
チラ…
哼！
プルプル
＊搖搖
＊啪嘰
胡了！
＊亮牌
怎麼會~~
タッ
狗狗伸之助不知道貓在開心的時候，不是搖尾巴，而是尾巴立起來……
可惡~~

*亮牌
タッ
我胡了！
嗄……
可……
等一下！
咦……
*碰
*喊呀喊呀
チャッ
チャッ
*碰

仲之助這局也胡不了……
ジャラ
ジャラ
ジャラ
＊喀啦喀啦喀啦
……
タッ
＊亮牌
胡了！
可……
等……等一下！
ガッ
＊碰
門斷平加分牌3
……
仲之助不曉得，貓是不會等一下的……
這次的比賽由貓咪取得勝利！

THE END

Vol.80
睡過頭的麥可
嗯……
グ゛グ゛グ゛
＊咕咕咕
咕啊……
糟……
糟了……
啊……
ペロンペロン
＊舔舔

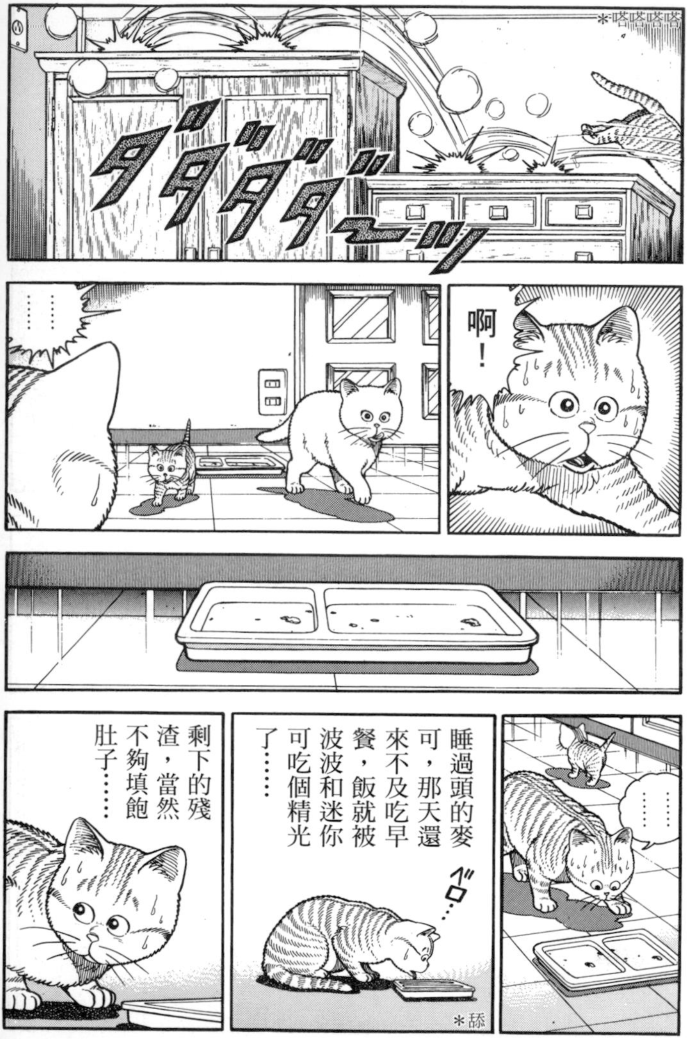
＊嗒嗒嗒嗒
タダダダーッ
啊！
……
……
睡過頭的麥可，那天還來不及吃早餐，飯就被波波和迷你可吃個精光了……
ペロ…
＊舔
剩下的殘渣，當然不夠填飽肚子……

雖然去向主人討食……
*嘩啦嘩啦
啊嗯~
啊嗯~
你在說什麼啊？
我剛剛已經給過吃的了啊！
得到不予理會……
……
無計可施的情況下，只好一直忍耐到當天傍晚……
嗚喵！
*嗡
咪吱
……
*跳
傍晚——
麥可~
波波~
迷你可~
吃飯囉~！
*嘰咿嘰咿
嗚喵~！
*飛奔

呼嘎呼嘎呼嘎
……
呼嘎呼嘎呼嘎~
ムシャムシャムシャムシャ
ムシャムシャ
ムシャムシャ
ムシャムシャ
*嚼嚼嚼嚼
嗚！
……
咳咳！
咳咳！
因為吃得太急，食物堵在喉嚨，全都吐出來了……
ムシャムシャ
ムシャムシャ
*嚼嚼
所以不久後又肚子餓了……
咦……
嗯……
啊嗯~
啊嗯~
想要討食物吃……

……
喵
原來你這麼喜歡我啊！
好啦好啦，來！哈哈哈
但是意思卻沒人了解……
當晚，麥可因為餓到睡不著，
ガサゴソ
*翻找
跑去翻垃圾桶……
他找到一條魚，還吃光了……
呼嘎呼嘎
呼嘎呼嘎
但是……
那條魚壞掉了……

咦！麥可你怎麼了～～！
＊嗶嗶噗噗
發生什麼事！
麥可拉肚子了～～
上次獸醫師是不是說，拉肚子的話就讓他禁食一天？
對對！那今天就讓麥可在另一個房間休息好了。
……
……
因此麥可今天又是沒有飯吃的一天……
波波和迷你可來吃飯囉！
嗚喵～～
咪吱～
＊抓抓

THE END

Vol.81
忠犬伸之助
哈哈！哈哈！
哈哈！哈哈！
哈哈！哈哈！
*嘰
キ…
欸~~
*汪汪汪
ワンワンワン
ワンワンワン
ワンワン
ドドドドッ
哇！
*追
嗚呃！
*拉緊
ビィーン
ズザッ
*滑

ワンワンワンワンワンワンワン
＊汪汪汪汪
救……救命啊～～
ドドドドド
＊咚咚咚咚
啊！
ガラ
＊嘎啦
喂！伸之助！
ワンワンワンワン
＊汪汪汪
我叫你安靜！
＊啪嘁啪嘁
嗷嗚嗷嗚嗷嗚
真是不好意思……
哎呀～真嚇人啊～～
伸之助工作很認真……
嘎嚕嚕嚕嚕～～
但是卻常常挨罵……
哈！哈！哈！哈！
伸之助～～！
來吃飯了～～

＊汪汪汪汪
ワンワンワンワン
＊拉緊
ビィーンッ
呃！
ズザッ
＊滑
汪汪汪汪
還沒還沒
安靜！
坐下！
哈！哈！哈！
握手！
換手！
等一等！
!!
……
好！
呼嘎呼嘎
呼嘎呼嘎
伸之助坐在飯碗前，也還被要求做很多事……
而且他的食物常常是剩飯……

そよ〜
*微風吹
夏天——人類在開著冷氣的房間裡看電視……
*抓抓抓！
伸之助邊睡邊被蚊子咬……
冬天——人類鑽進暖桌看電視……
伸之助突出小屋外的肩膀上，卻堆著白雪……

*抓抓抓抓
啊！
是貓。
好可愛喔～
咿呀！
……
……
伸之助～
過來吃飯～
握手！

*抓抓抓抓
哼……
……
汪
你在幹什麼~~！
我剛剛是叫你握手啊！
今天不給你飯吃了！
嗷嗚嗷嗚
伸之助雖然模仿了貓咪的行為，待遇卻沒有改善……
*啪嘰

THE END

Vol.82
很難聊的客人

那天，來了兩位很難聊的客人……
＊滴…答…
嗚喵
……
……
……
嗚喵
啊！不行……下去！
哈哈哈哈哈
他叫什麼名字啊？
他叫做麥可……
因為想吃奶精才跑過來的……

真拿你沒辦法，來！給你。
嗚喵
ペロン
＊舔
哈哈哈哈哈哈
……
＊舔舔
ペロン
ペロン
……
……
……
＊舔舔舔
ペロン
ペロン
ペロン
……
……
ペロ
＊舔
咦……
咦……
咦……
咦……
……
……
……

什麼嘛！就是隻蒼蠅啊～
不要嚇人啊，麥可！
哈哈哈哈哈哈
欸～～
……
……
……
……
……
……
……
*啜飲
ズズ…
ズズズ…

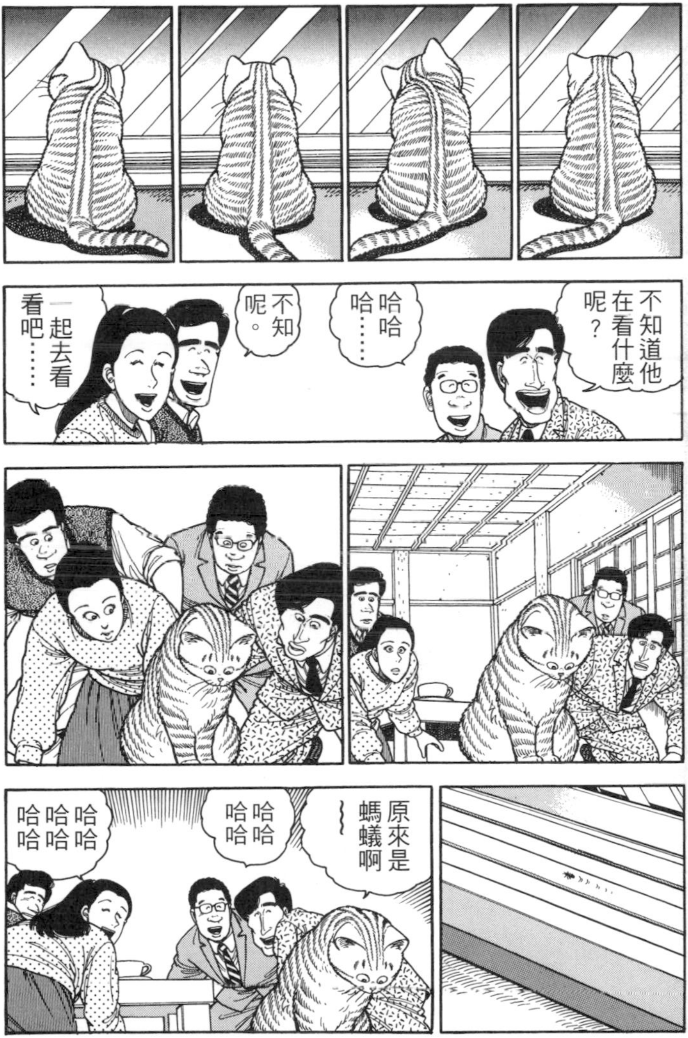
不知道他在看什麼呢？
哈哈哈……
不知呢。
一起去看看吧……
原來是螞蟻啊～
哈哈哈哈
哈哈哈哈哈哈

THE END

Vol.83
離別的早晨

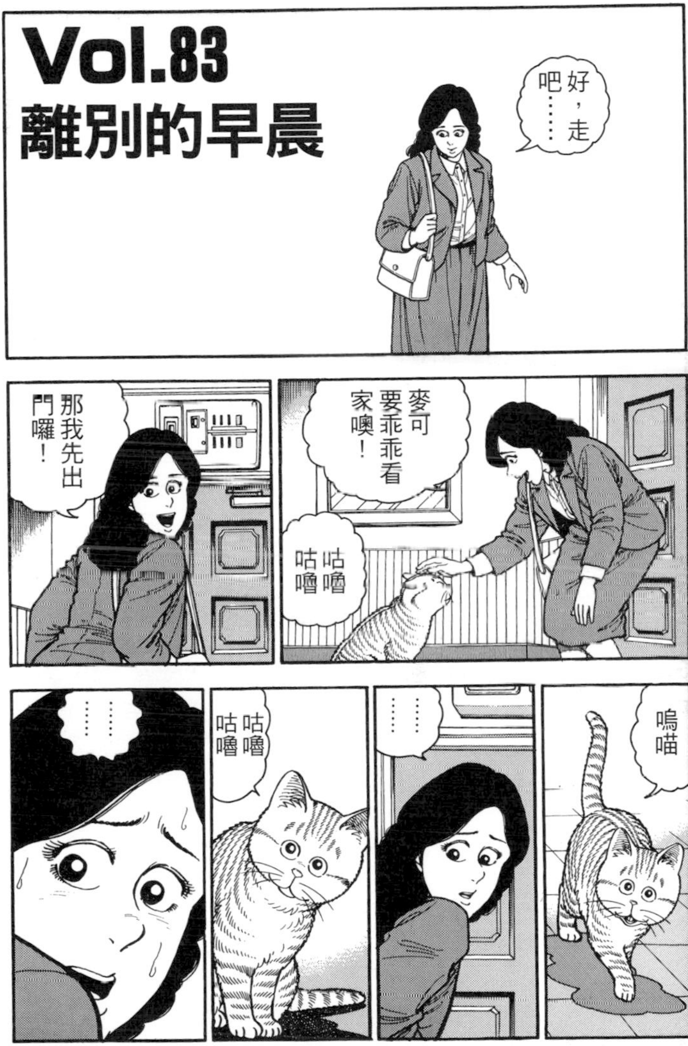

好，走吧……
麥可要乖乖看家噢！
咕嚕咕嚕
那我先出門囉！
嗚喵
……
咕嚕咕嚕
……

不行！
我做不到啊！
我沒辦法把你留在家去上班！
＊抱
但我再不出門就來不及了。
麥可，希望你懂！
＊衝
再見了麥可！
＊啪噹
呼哈呼哈呼哈……
啊……
嗚喵……

麥可～～
不可以一起出門啦～～
來，
回家囉……
嗚喵！
原諒我麥可。
＊啪噹
……
……
＊嘰
……

不要那副表情嘛！
這樣會讓人很難說再見啊～
＊衝
這樣吧，分別之前，再給你吃蟹肉棒吧！
來，吃吧。
嗚喵！
啊……
再不走就遲到了。
麥可你要乖乖的噢！
再見。
＊衝
嗚喵
＊噠噠
別、別跟來……

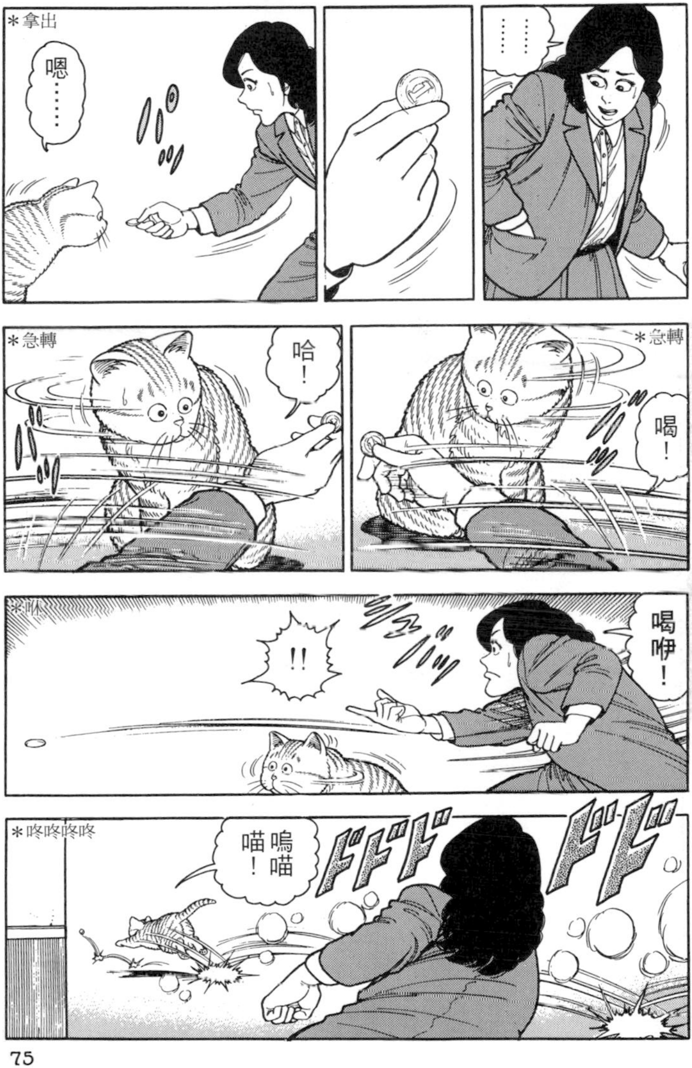
＊拿出
嗯……
……
＊急轉
哈！
＊急轉
喝！
＊咻
!!
喝咿！
＊咚咚咚咚
嗚喵喵！

THE END

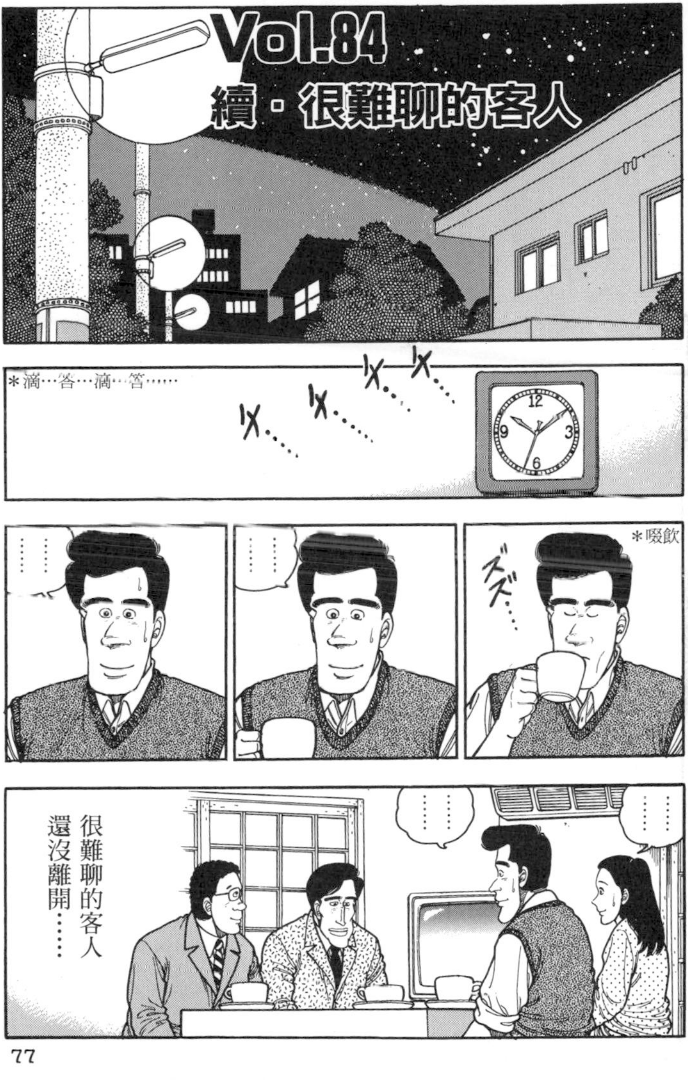
Vol.84
續．很難聊的客人
*滴…答…滴…答……
*啜飲
很難聊的客人還沒離開……

麥可～麥可～
麥可～過來～
你們看～叫他真的會過來吧～～
真的會來耶～
真聰明啊～哈哈哈
……

麥可你看~~
是逗貓棒噢~~
過來過來
パタ パタ パタ
＊啪嗒啪嗒
……
……
你看你看你看~
パタ パタ パタ
＊啪嗒啪嗒
咕啊~~
……
……
怎、怎麼了啊他……
是不是膩了啊……
畢竟已經叫了他十次了……
麥可~~

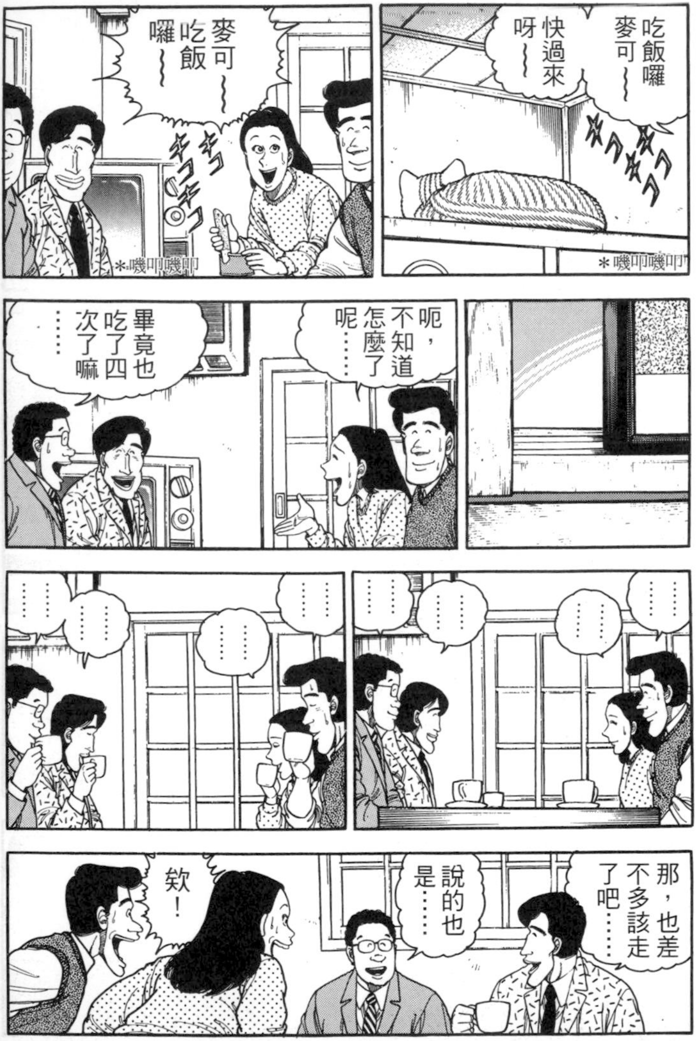
吃飯囉麥可～～快過來呀～～
＊嘰叩嘰叩
麥可～～吃飯囉～～
＊嘰叩嘰叩
呃，不知道怎麼了呢……
畢竟也吃了四次了嘛……
……
……
……
……
……
……
……
……
那，也差不多該走了吧……
說的也是……
欸！

太好了~~
是、是嗎？
抱歉招待不周……
咦……
麥可~~怎麼了啊？
已經不用過來囉~~
哈哈……
……
咦……

嘶呀~~
……
……
……
……
哈哈……
真是傷腦筋~
看來我是暫時走不了了。
……
……
哈哈哈哈
哈哈哈哈
哈哈哈哈哈哈……
麥可有時也會做些多餘的事……
THE END

Vol.85 緞帶

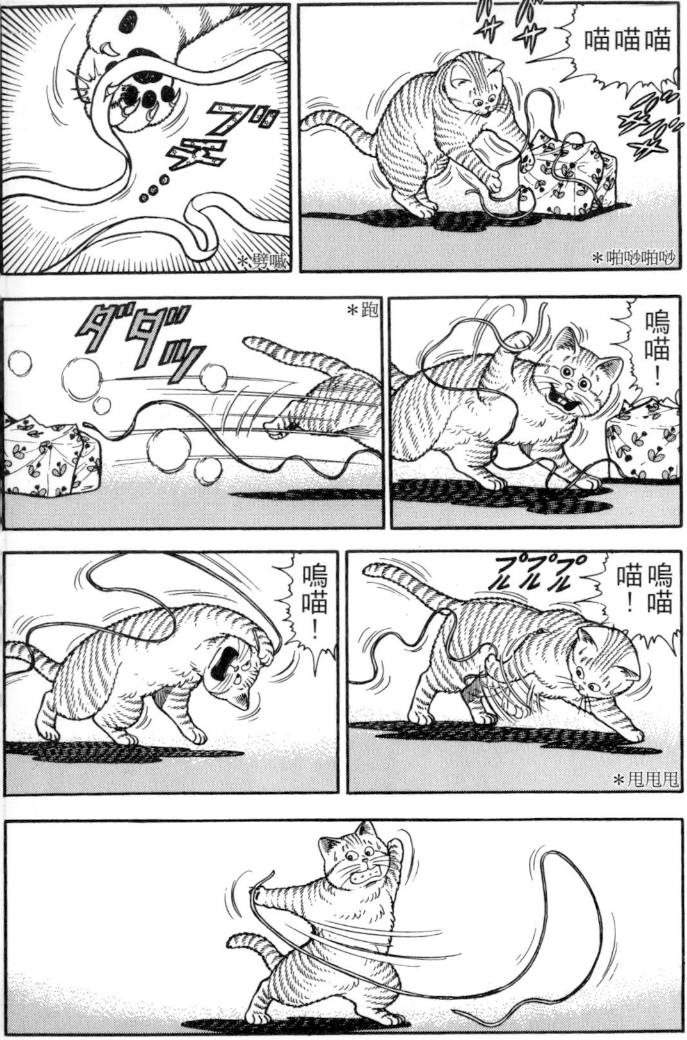
喵喵喵
*啪沙啪沙
*劈嘁
嗚喵！
*跑
嗚喵！
嗚喵！
*甩甩甩

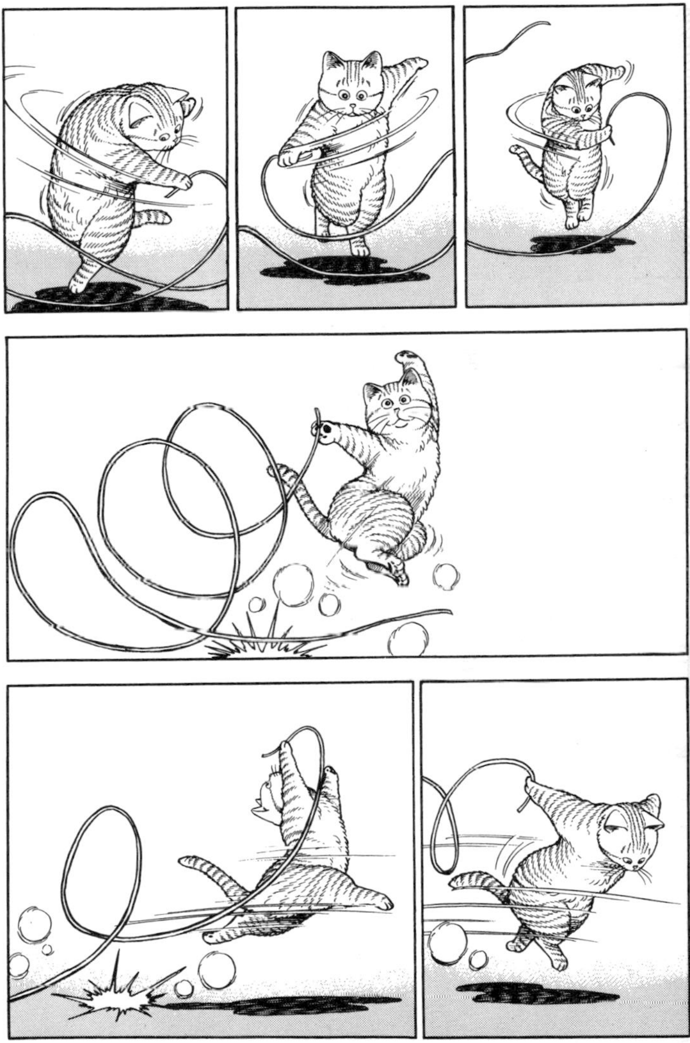

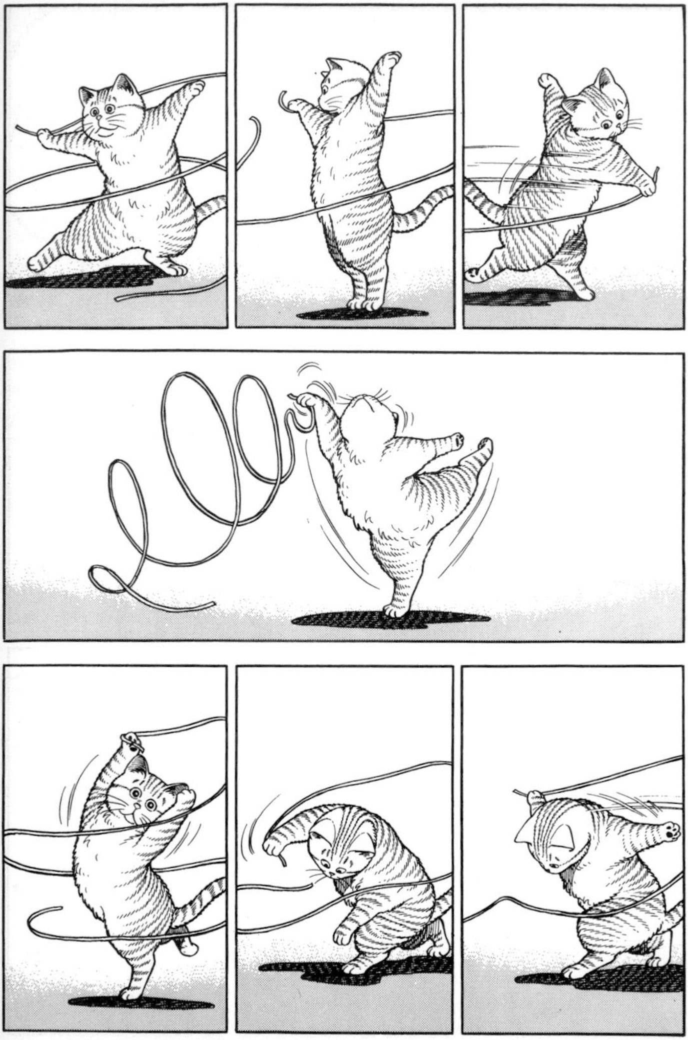

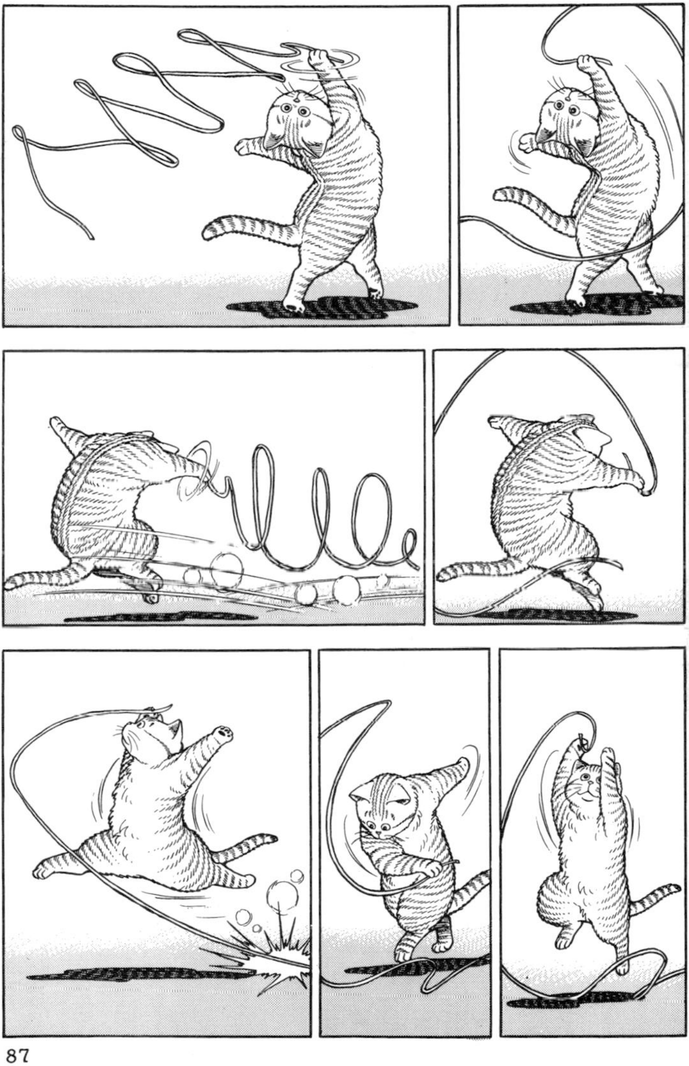

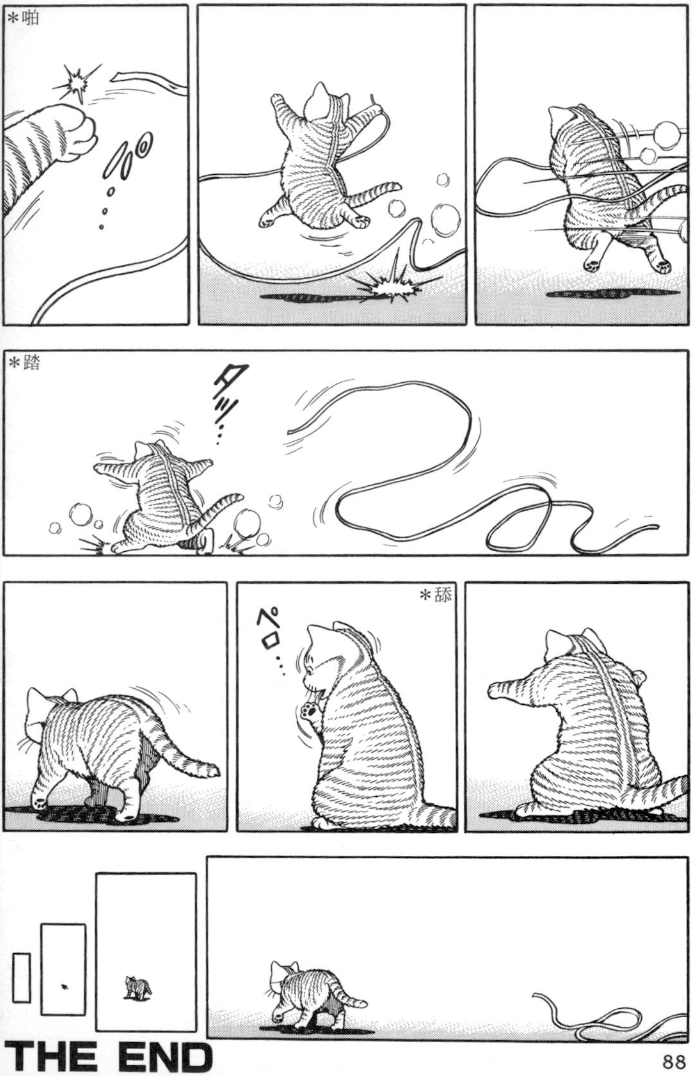

THE END

Vol.86 終極錦鯉

大家午安～～
我是特派記者北條志乃～～
全国錦鯉品
耕談社
HOTEL KUSUNOKI
這次我們來到了楠飯店舉辦的錦鯉品評會～～
這裡可以看到來自全國各地，堪稱藝術品的錦鯉噢～～
本次為我們解說的是錦鯉評鑑家屁尾鯉太郎先生。
麻煩您了。
大家好。
全国
耕談
接下來我們就趕緊進去吧！

哇～好漂亮！
這些錦鯉必須姿態優美、有光澤、顏色飽和才是上品。
要養到這種程度是非常辛苦的。
那再請教一下，這樣的錦鯉一尾價值多少啊？
這個嘛……
這條紅白鯉一百五十萬圓，
那隻大正三色要兩百萬圓，這尾山吹黃金則價值四百萬圓。＊
什麼～～四百萬！
對。
但是各位，可不能這樣就被嚇到了噢！
接下來要看到的，是日本初次公開的世界冠軍錦鯉。

＊註：紅白鯉的顏色是白色上有紅色斑紋。大正三色是純白魚身上有紅色和黑色斑紋，山吹黃金的全身皆為純黃金色。

各位觀眾久等了。
接下來就是在嚴密的管理下，
從遙遠的西德運送過來，首次在日本登場的「鎧鯉」。
窸窸窣窣
嘰嘰喳喳
這條「鎧鯉」上個月在西德埃森舉辦的世界大賽中取得總冠軍，
價值八千萬圓！
喔喔～～八千萬圓。
窸窸窣窣
八千萬圓……
而這兩位是飼養這條錦鯉的凱文先生和他的夫人。
大家好～～
飼養這條錦鯉時，最辛苦的地方是什麼？
嘰哩呱啦嘰哩呱啦。
噢～～

嘰哩呱啦嘰哩呱啦。
他說日本是個很棒的國家，他喜歡天婦羅跟壽司。
好～接下來終於到了揭曉的時候了！
＊抽
這就是終極錦鯉！

咦……
沒……沒有啊……
什麼……？
怎……怎麼會……
咦……
嚼嚼嚼嚼
……
……
咦……？

THE END

Vol.87
伸之助悲歌

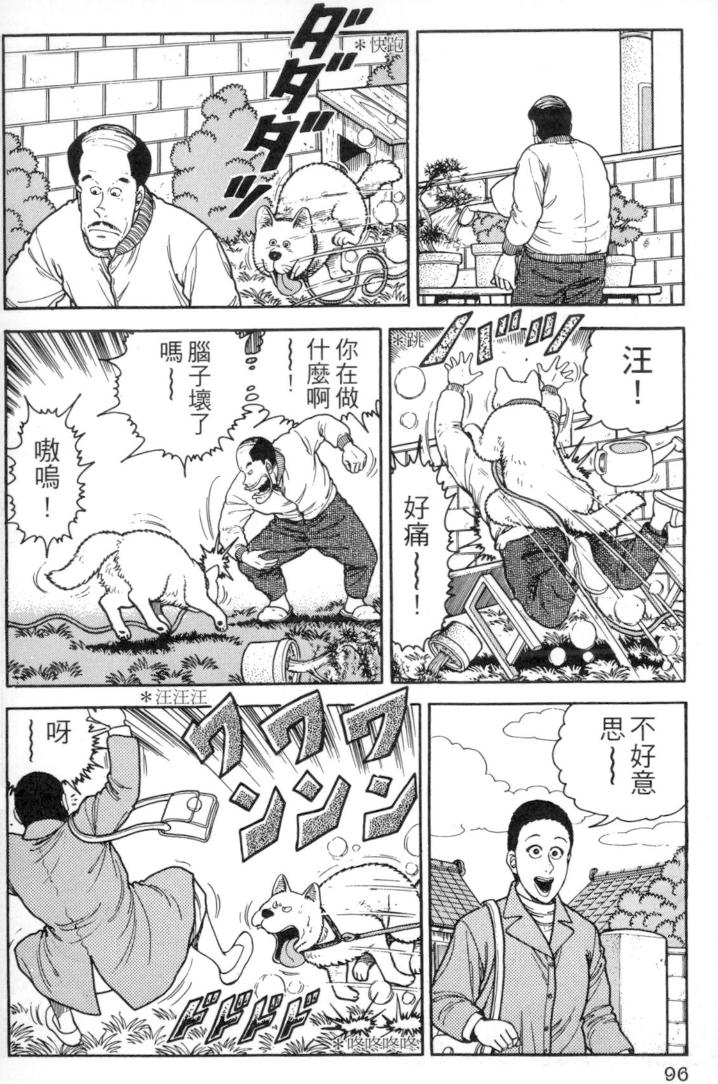
ダダダダッ
＊快跑
バッ
＊跳
汪！
好痛～～！
你在做什麼啊～～！
腦子壞了嗎～～
嗷嗚！
不好意思～～
ワワワンンン
＊汪汪汪
呀～～
ドドドド
＊咚咚咚咚

喂！
對客人叫什麼～
嗷嗚！
真是抱歉。
……
啊～嚇死我了～
嗚喵～
咦……
哎呀～好可愛的貓咪喔～
……

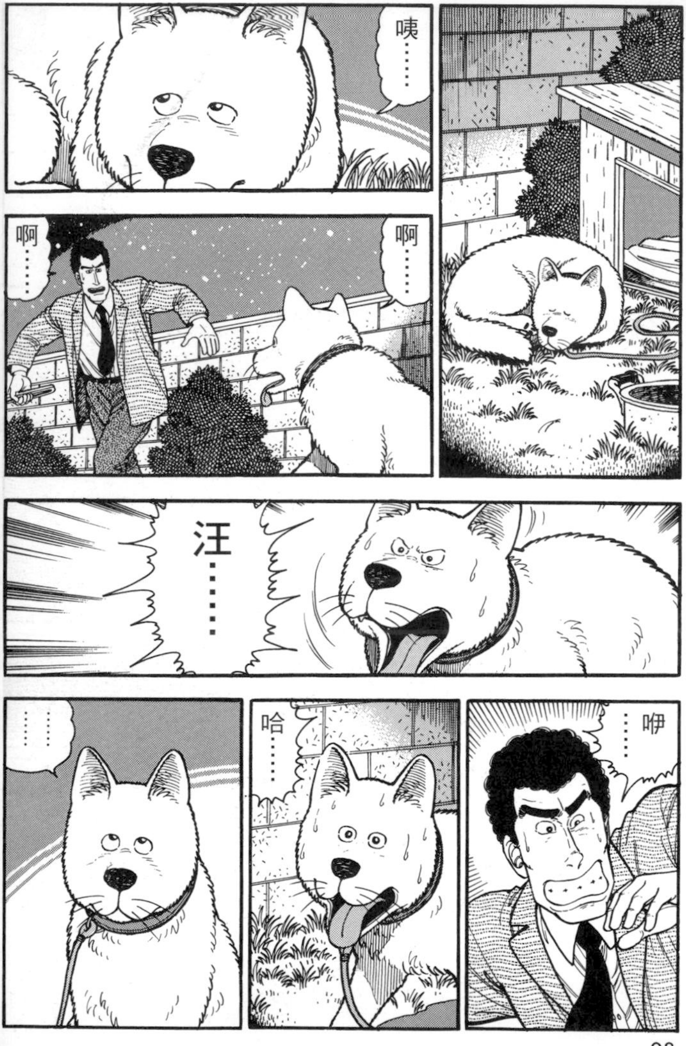
咦……
啊……
啊……
汪……
咿……
哈……
……

嗚汪
……
好乖好乖……
……

今林家遭小偷！
雖然今林家有養狗……
欸欸，妳知道嗎？
今林先生家雖然有養狗，卻還是遭小偷了～～
是啊，聽說家裡明明有狗，小偷卻跑進去了～～
什麼～～!? 有狗的話，小偷還能闖進去!?
嚇到……
你到底在幹什麼～～！
狗就是一刻也不能放鬆工作……

THE END

Vol.88 黑道M的反擊

ドドドドド
＊嘟嘟嘟嘟
ブォーーッ
噗轟轟
終於、我擔心的事發生了……
我想要養貓耶～
麻理這麼說……
欸我跟你說喔！我養貓了。
你快來看！
竟然變成這樣了啊～～～

……
等你好久噢～
你今天可以在這裡過夜吧～!?
來來，快進來。
……
嗚喵～
啊！麥可～！
!!

*碰
…………
這孩子叫麥可唷！
很可愛吧！
啊，嗯嗯……
嗅嗅……
*抽
猫用洗毛精
啊，喵！
嗚喵喵喵喵喵！
*快跑
噢，你還為麥可買了洗毛精，謝謝啊！
可惜麥可很討厭洗澡，光是看到這個就跑走了……
是、是嗎？
我不知道吶……

嗚喵喵
啊哈哈，麥可很喜歡跳到人家背上呢！
來～～
這次跳到他背上吧！
放！
!!
*蹦
……
*聞聞
嗯……
嗯呃！
嗚喵喵～
怎麼了麥可！
*快跑

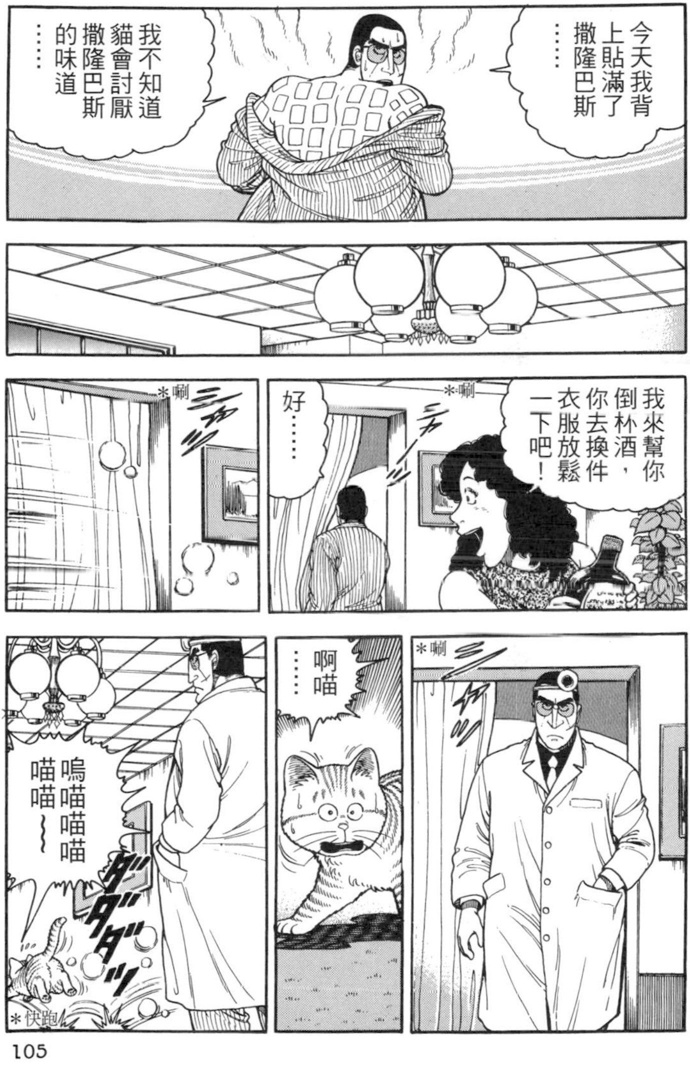
今天我背上貼滿了撒隆巴斯……
我不知道貓會討厭撒隆巴斯的味道……
我來幫你倒杯酒，你去換件衣服放鬆一下吧！
*唰
好……
*唰
*唰
啊喵……
嗚喵喵喵喵喵～～
*快跑

你幹嘛要打扮成醫生啊~
沒啦~~我不知道貓咪會討厭獸醫啊……
親愛的，
我們來睡覺吧……
*唰
這些橘子皮是怎麼回事啦~~！
哎呀~~我不知道貓咪會
討厭橘子皮啊……

THE END

Vol.89 蟬

蟬的幼蟲在地底下生活了七年之後，以成蟲之姿在世上僅僅活了十天左右，生命就結束了……
*唧——
*唧唧唧——
現在，這隻蟬似乎正在羽化，準備努力過完牠短暫的一生……
牠正在等待翅膀展開、變硬……

好～～
＊衝
起飛！
＊嘰！
＊劈嘁

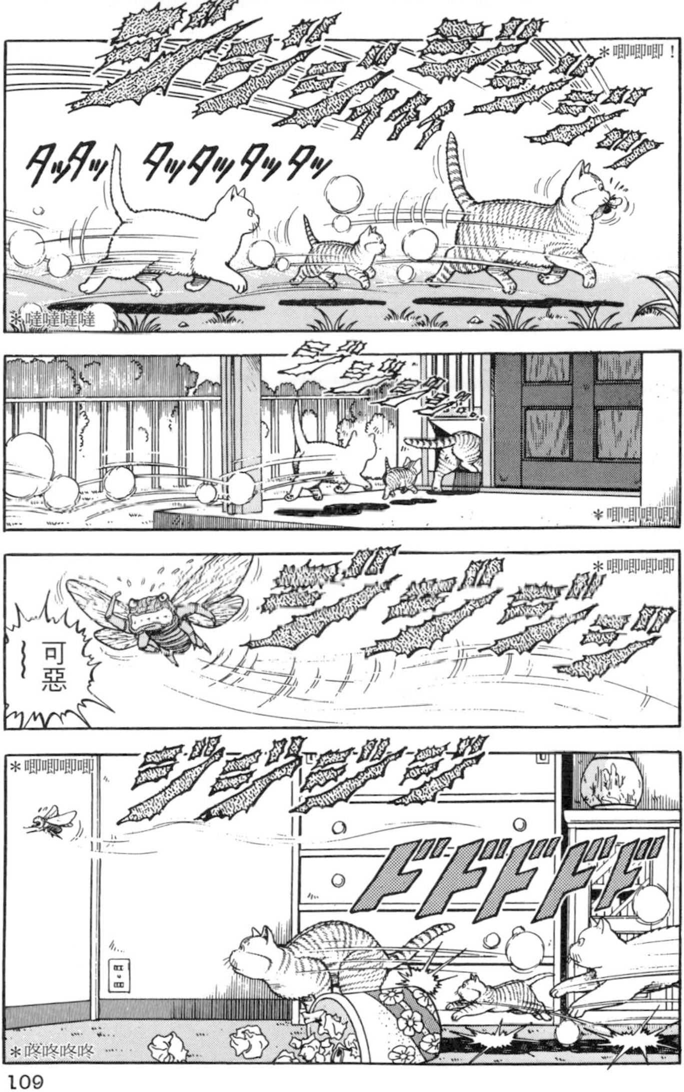
*唧唧唧唧！
タッタッ タッタッタッタッ
*噠噠噠噠
*唧唧唧唧
*唧唧唧唧
可惡~~
*唧唧唧唧
*咚咚咚咚

＊唧唧唧
＊啪噠
ビタッ
唧！
＊唧唧唧唧
チョン
＊輕撥
＊咚咚咚咚
＊唧唧唧唧
啊！

喂～～！
你們到底在幹嘛～～把這裡弄得這麼亂！
＊唧唧唧唧
＊唧唧唧唧
牠很可憐耶～～！
在土裡待了七年，好不容易才出來的耶～～！
嗚喵喵喵
＊抓
真對不起啊，蟬寶寶！
好啦，盡情飛吧！
＊唧唧唧唧
＊唧唧唧唧
＊唧唧唧

……
……
＊啪噹
バタン
什麼!?
＊唧唧唧唧
ドドド
＊唧唧唧唧
＊咚咚咚
＊唧唧唧唧
都特地放走牠了，沒想到那隻蟬居然誤飛進二樓的窗戶。
這是什麼白癡的蟬啊！
THE END

Vol.90
旅行
*叭——
好棒~~三天兩夜的溫泉旅行耶~~
之前一直都忙到沒辦法休息呢！
但是貓咪他們沒問題嗎……第一次三天不在家耶！
沒問題啦！畢竟食物都拿出三天份了，廁所也準備好五個了……
說的也是……

但是三天不在，他們會寂寞吧……
……
不是說好先別想貓咪的事了嗎？好不容易出來旅行。
對啊，只能請他們乖乖忍耐了。
……
……
可、可是，
如果……
麥可因為太過寂寞而變得神經質……
跑去上吊自殺……
不要說那麼不吉利的話！
抱歉抱歉，這種事怎麼可能發生。
……
……
但，要是……

因為我們拿出三天份的食物，他太過興奮而一次全部吃光……
ゲプ……
*嗝
吃撐肚子死掉的話……
妳、妳想太多了啦！沒問題的。
說的也是……
……
……
但，如果……
他們為了找我們，而叫了三天三夜……
啊嗚～
喵～
啊嗚～
咪～
咪～
叫到聲音沙啞、喉嚨壞掉了怎麼辦啊……
嘎～嘎～
咖～
噶～噶～
……

那還算好的，要是……
因為叫聲太吵，導致隔壁大叔闖進來殺了他們怎麼辦？
別說了啦……
我們再擔心也沒有用啊！
對啊，難得的快樂旅行。
啊～～
怎……
怎麼了！
我把香菸放在桌上了……
什麼……
迷你可如果拿去抽，結果幹了什麼壞事……
怎麼會有這種蠢事……

比起這個……
如果他得了癌症怎麼辦……
……
……
啊！
又怎麼了？
我忘記把浴室的窗戶關上了……
啊……
如果他們自己放了熱水進去泡，怎麼辦啊……
……
……

……
……
老公，我們還是回家吧……
我擔心到無法享受溫泉了。
說的也是……
雖然很可惜，但我們在下一站換車吧！
貓咪完全不曉得飼主的擔心……
正悠閒做著日光浴……

THE END

Vol.91 伸之助的幸福
咦……
啊……
伸之助！
汪……
ワンワンワン
※汪汪汪
ダダダーッ
＊快跑

＊滑
嗚呃！
＊拉緊
你好嗎？
好想你噢～～
汪汪汪汪
你還是一樣都吃剩飯剩菜啊！
真可憐……
我去叫爸爸對你好一點！
汪汪汪
妳在說什麼！
從以前開始，狗就是吃剩飯剩菜的啦！
時代不同了啦～～伸之助也是家裡的成員啊！
還有，你有每天帶他去散步嗎？
啊～～
喂～～妳有每天帶他去散步吧？
嘎？

不是你說要帶他去的嗎？
妳說什麼~~~!?
……
伸之助真可憐……
至少我在家的時候，要給他一點快樂回憶……
伸之助~~!
汪汪汪
來，這是牛肉口味的高級狗食。
給你吃！
!!

……
……
ワンワンワン
*汪汪汪
啊哈哈，不用這麼開心啦，快吃吧！
哈！哈！哈！
ダッダッダッ
*蹦跳
哈！哈！哈！哈！
嗅嗅……
……
ワンワンワンワン
*汪汪汪汪
我知道你很開心，但你快吃呀～～！
哈！哈！哈！
伸之助得到非常美味的食物，卻因為太過激動而沒法吃下去……

真拿你沒辦法，
那再給你一根潔牙骨吧！
來，吃吧！
……
……
*汪嗚汪嗚汪嗚汪嗚
哈！哈！
哈！哈！
不用那麼激動啦，快吃啊！
*蹦跳
哈！哈！哈！哈！
*咬住
你要拿去哪裡啊？
*沙沙沙！

ポト…
*撲咚
ザッ
ザッ
ザッ
*沙沙沙！
為什麼要放進那裡面啦～～！
ガブガブ
*咬咬
伸之助會把重要的東西放進寶庫，
然後咬咬爸爸的拖鞋暗自忍耐……
這是什麼窮酸性格～～可惡～～
打算找一天去挖寶庫的麥可。

THE END

＊點火
カチ…
Vol.92
上班族麥可
上班族麥可——今天也完成了一筆大交易，終於能稍微鬆口氣。
猫ニャンポー
HOTEL

嘿，大哥、大哥，我們「嗚喵嗚喵」俱樂部有可愛的小姐噢！
嗯……
我很忙……
別這麼說嘛！年輕的波斯貓或金吉拉小姐我們都有，只要先付訂金一萬圓，之後不用再付任何費用喔！
……
您看，就是那間，有可愛的小姑娘噢！來吧！
嗚喵嗚喵
……
請進，歡迎光臨～～！
ホステス
募集
日給10
バイ
＊微笑
歡迎光臨～～
……

來喔～～客人一名，請帶位～～
請先預付一萬圓。
唔……
我是金吉拉羅菈～～
木天蓼酒兌水可以嗎？
嗯……
妳幾歲了？
八個月大了～～
啊……不好意思我先失陪一下！有點其他的事……
馬上會有其他女孩子過來。
嗯……
……
歡迎光臨～～
咦……
我是凱薩琳～～
……
……

……
來，喝一杯吧！
嗯……
TATABI
グビビ…
*咕嘟咕嘟
哎呀，酒量真好~
真棒吶！
……
我可以也點些東西嗎？
呃，嗯……
不好意思~
*咻！
來了~~！
請給我們鮪魚生魚片、雞胸肉炒蛋、鰹魚塊、竹輪、小魚乾、起司、蟹肉棒，還有一盤乾糧。
……
好的。
嚼嚼嚼嚼
……
MATA

嗝……
……
吶，大哥！
只要再花兩萬圓就有額外的特別服務噢……要不要呢？
呃……
不用……
我該走了……
是嗎？
客人要走囉～～～！
來了～～
TATABI
總共是十二萬圓。
啊……
剛剛不是說不用再付任何費用嘛！
這位客人～～

……
上班族麥可……
身上所有的錢全被掏光了……
而且……
……
醫院
毛皮科
跳蚤科
還被傳染了跳蚤……
他是不是在做諸如此類的夢啊……
他怎麼可能做那種夢啦！
ウ〜ン
ウ〜ン
＊嗚〜嗚〜

THE END

Vol.93 深夜的攻防戰

啊~~~
バサッ
＊啪哕沙
ガバッ
＊起身

……
……
大家來吃飯囉～～
キコキコキコ
＊嘰叩嘰叩
嗚喵……
嗚喵～～
來，吃吧～～
就、就是現在！
ダダダダダダ
＊嗒嗒嗒嗒
ズザアッ
＊滑
呼呼呼～～～

＊慢慢移動
＊啪嗒啪嗒
＊拿出
＊咚咚咚咚
嗚喵
＊砰
＊慢慢移動

パッ
＊拿出
ポォーン
＊砰
ドドドド
＊咚咚咚咚
ガバッ
＊掀開
喵！

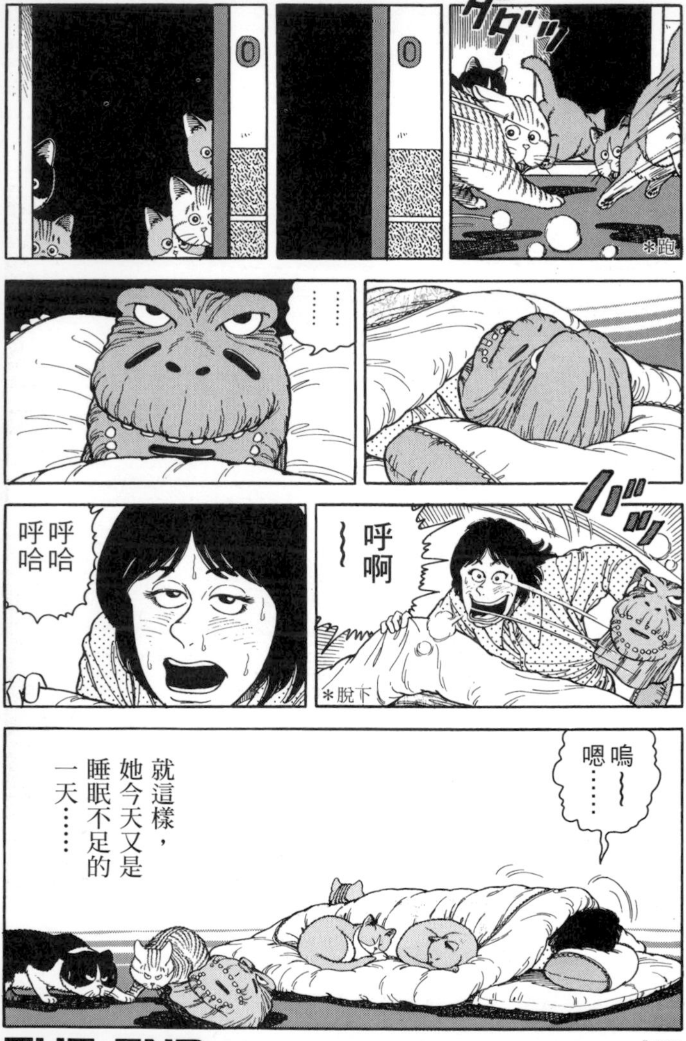
ダダッ
＊跑
……
……
呼哈呼哈
呼哈
呼啊～
ハバッ
＊脫下
嗚～嗯……
就這樣，她今天又是睡眠不足的一天……

THE END

Vol.94
長大
咪~~
咪~~
咦……
哇，好可愛的三花貓。
好可憐喔！是跟媽媽走散了嗎？還是被拋棄了呢……
咪~~
咪~~
咪~~
要拿妳怎麼辦才好呢？
雖然很想帶妳回家……但是爸爸對貓過敏……
媽媽以前養的可愛矮雞＊因為被貓吃掉了，老是說總有一天要殺了貓咪……

＊註：指日本矮雞，是一種觀賞用的寵物雞。

加油！加油！
咦？怎麼了？
啊……
其實，如此如此這般這般……
咪
原來是這樣啊～～
好，我知道了！這隻貓就交給我吧！
咦！真的可以嗎？
嗯，其實我剛好一直想養貓……
他家是開壽司店的……＊
三五寿司
事情是這樣這樣那樣那樣的……
什麼～～!?
不行！

＊註：此處的少年為作者另一部漫畫《柔道部物語》中的主角三五十五。

大家都那麼忙，到底誰要照顧她啊！
把她丟掉！
我沒辦法做出這麼殘忍的事。
ガラ
※嘎啦
啊……
歡迎光臨～～
咦……
啊～～好可愛噢～～
讓我抱一下～
這是你們家養的貓嗎？
呃……
咪～～
嗯……是啊！
對啦……
來，小三花，給妳吃塊生魚片～～
好可愛喔～～

真沒辦法，看起來客人很喜歡。
就養看看吧！
太好了～～
就這樣，三花成為我們家的一員了。
吧台的位置，成為三花最喜歡的地方。
她很會招呼客人。
哇～～好可愛喔～～
來，小三花，給妳吃塊鮪魚～～
這可是魚腹呢！
好～～那我要給她吃蝦，真是隻好命貓啊！哈哈哈！
咪～～
託這隻貓的福，客人居然變多了～～
說不定她是隻招財貓呢！哈哈哈哈！
壽司
三五寿
經過了一年——
三五寿

ガラッ
＊喀啦
!!
歡迎光臨。
這、這是什麼動物啊……
這是種叫做喵吉拉的動物。
是噢～
咦……
敬告客人
請不要
餵食喵吉拉
生魚片。
店長
……

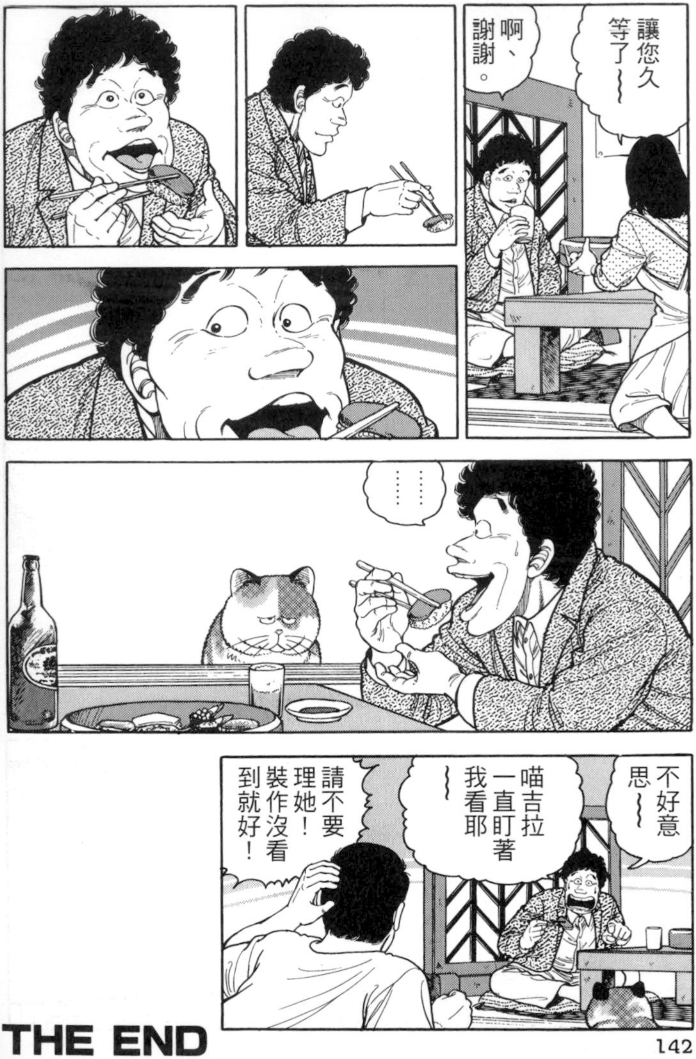
讓您久等了～～
啊、謝謝。
……
不好意思～～
喵吉拉一直盯著我看耶～～
請不要理她！裝作沒看到就好！

THE END

Vol.95 辛苦了！

*嘰叩嘰叩
キッ
キッ
キッ

咦……
你們搞錯了啦！這是橘子罐頭，我吃的啦！
對不起噢！
啊啊～～
ガチャーン
*咔鏘
啊～～又打破了。
咦……

沒關係啦，你們不用過來看啦！是我不好～～
クンクン
*嗅嗅
辛苦了喔！
聞聞
我知道啦～～那個我等下會整理～～
ザッザッザッ
*沙沙沙！
ピーンポーン
*叮咚

麻煩妳蓋章簽收～～！
謝謝，辛苦了～～
哇～～是鄉下寄來的馬鈴薯！
好棒噢～～！
咦……
不用過來一一確認啦！
這不是什麼可疑的東西～～
*喀嚓喀嚓
パチーン…
パチッ…
パチーン…
*喀嚓喀嚓
パチッ
パチッ

パチーン
パチーン
*喀嚓喀嚓
怎麼了嗎？
嗚喵喵喵喵
*嗒嗒嗒嗒
ドドドド
啊！是以為自己也要剪指甲嗎？
不用跑啦！你們的指甲昨天剪過了啊！
呀～麥可～～！

THE END

Vol.96 絕喵追殺令II

ERECTORONICS
理查・金不理，
職業——獸醫。
他身陷殺妻疑雲、背負姦淫之罪，被宣判死刑，
卻在押送途中因為火車意外而驚險逃脫。
他改名換姓，變更職業和髮色……
一邊躲避固執的吉拉德警探，
一邊持續他的逃亡生涯……

真是的，到底要說幾次你才懂！
竟然在昂貴的家具上撒尿~~！
你是有多笨啊！
嗚喵喵喵
看我打你！
※啪嘁啪嘁
嗚呀嗚呀~~
不可以胡亂揍他！
啊！
是誰！
這種行為叫做貓噴尿，
對貓咪來說是正常的社交行為。

啊呀~~你是什麼人！
我不是什麼奇怪的人，只是剛好經過這裡！
先不說這個，貓咪結紮後，通常就不會噴尿了……
此外，壓力也可能造成他噴尿，
妳有想到什麼原因嗎？
我不知道啦！
咦……
嗯……
這貓砂盆也太髒了吧！
妳要好好鏟屎，並且更換貓砂才可以啊~~！
這就是噴尿的原因~~！
真、真對不起。
*跑

シャーッ
*噓噓
妳看，只要保持清潔，他就會乖乖去那裡上廁所了啊！
真是太感謝你了……
那麼，最後我再教你一招「騙貓術」。
啊？
「騙貓術」……？
需要的道具就是小石頭。
噢……
麥可，你看你看！
嗯……
*急轉
嘿！
*急轉
嘿！
*咻
シュバッ
嘿！

＊咚咚咚咚
這不是什麼很厲害的招數啊！
呵呵，接下來才是重頭戲。
來，麥可，再一次噢！
嘿！
嘿！
嘿！
＊衝
嗚喵！
＊追撲

咿嘻嘻嘻嘻嘻
啊哈哈哈哈哈哈哈哈
?
?
好啦，我時間緊迫，先告辭了。
啊……
……
咦……
WANTED
$10,000
逃亡者
理查・金不理——
他是不允許
停留的……
THE END

Vol.97 雪國物語
*唰啦
ザク…
對生活在雪國的人來說，
雪帶來的只有痛苦……
ザク…
*唰啦
バサバサ
*啪沙啪沙
這篇是一個男人堅強生活在如此雪國的故事。

老公，稍微休息一下吧！暖爐燒得正熱呢！
喔喔
哦～～好冷、好冷。
＊咔嗒
啊……
沒有我可以取暖的地方了嘛！
過去那邊！去去去

呼~~
老公~
我把飯放在暖桌上囉！
喔喔
好~來吃飯吧~
哦~好冷、好冷。
嘿咻……
嗚喵
咦……
……
……

喂～～
這是我放腳的地方啊～～
去那邊～～
真是的……
老公，熱水燒好了，去洗澡吧！
喔喔
洗完澡來睡覺吧！
呼呼呼～～
ガラッ
※嘎啦

啊……
這樣我怎麼洗澡啊！
為什麼要一直跑到溫暖的地方！
啊啊，真舒服啊～
老婆～妳在我被子裡放熱水袋了沒啊？
放好了。
好～來睡吧～

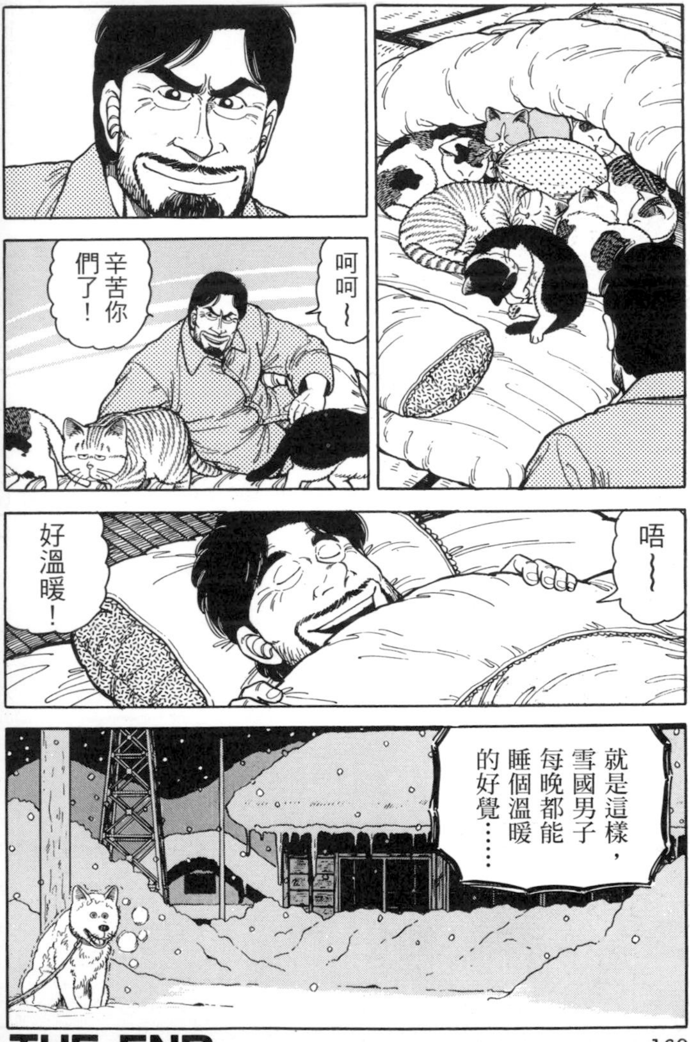
呵呵~
辛苦你們了!
唔~~
好溫暖!
就是這樣,雪國男子每晚都能睡個溫暖的好覺……

THE END

他們真的非常非常可愛~~我無法想像沒有貓的生活~~!
歌手　水城舞子
我也會餵家裡附近的野貓吃東西噢!
哈哈哈哈哈哈哈哈哈
作家　須貝　實
我好喜歡貓咪喔!
都把他們當人一樣對待呢。
演員　石川愛子
哦哦~~各位真的都是愛貓人呢~~
今天非常感謝各位來參加節目~~
Vol.98　痛苦的過去
今天的「我們是貓派」為您請到的嘉賓是三位知名的愛貓人士。
那麼，我們下週見囉~~!
再見啦~~
我ら猫

感謝大家，辛苦了～
您也辛苦了～～
請到這邊來用咖啡吧。
託各位的福，拍出了很棒的節目呢。
而且，你們真的都很愛貓呢～～
沒有啦～
哈哈哈哈哈哈
舞子小姐家的金吉拉叫什麼名字呢？
呃……
嗯……
雖然我在節目中那樣說，事實上……我……

沒有養貓。
但是我曾經在雜誌上看到妳抱著貓咪的照片啊！
我的愛貓
那是我朋友的貓。
那、那妳在節目上說的話全是假的嗎～～!?
請原諒我！我是真的喜歡貓！
雖然我沒養過。
別哭了，這沒什麼大不了。
其實我啊……
曾經遺棄過貓咪……
還是懷孕的貓……

怎麼這樣！老師你明明還寫了《心愛的貓咪》這本書呢～～
請體諒我啊！
那時我非常貧窮，
而且房東還叫我要把貓丟掉……
所以我就把花子裝進紙箱，放到二十公里外的公園……
我不停在心裡跟她道歉……但是花子她最後看著我那可憐的樣子……直到現在還讓我揪心……
花子，請原諒我～～
嗚嗚嗚～～
那真的很令人痛苦呢……
後來怎麼樣了呢？
對啊……
然後過了一個月……

花子回來了！
看起來非常消瘦……
天啊……
哦哦~~！
那肯定很讓人感動吧！
沒錯！我緊緊抱著她，不停流淚。
後來呢，後來怎麼了？
嗯嗯……
後來……
我就把她丟到更遠的地方去了~~
嗚嗚嗚~~

老師，別哭了，您這樣還算好的呢。
嗄……
……
其實我呢，
剛剛才開車輾過一隻貓……
怎麼這樣愛子小姐~~~
我也不想啊！
那隻貓突然衝出來……
我雖然也趕緊踩下剎車，卻還是來不及……
嗚嗚嗚~~
不可原諒……

THE END

Vol.99 家人
麥可的家
哎呀……
為什麼不敢睡在這裡？
這可是特地為你做的房子耶～～來，出來吧。
他以前是流浪貓……

*溜
……
……
所以總是躡手躡腳的……
*溜
就算你壓低身子我也看得清清楚楚喔……
來，麥可，吃飯囉～～
過來過來，不用客氣！
來，吃飯囉。

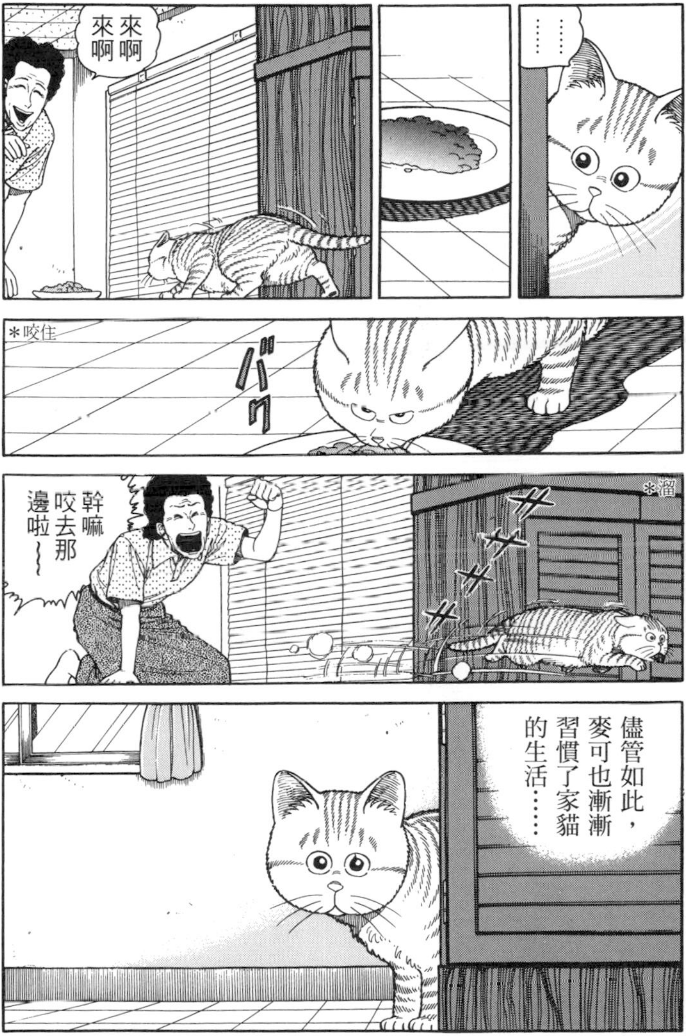
……
來啊來啊
バク
＊咬住
＊溜
幹嘛咬去那邊啦～～
儘管如此，麥可也漸漸習慣了家貓的生活……

今天他下定決心，一定要向照顧他的主人撒嬌。
雖然有點害羞……
嗚喵
哎呀
＊踩
ムキュッ
嗚啊啊啊～～

啊~~對不起~~
我不知道你在那裡啊~~
ダダッ
＊跑
……
妳到底在幹嘛！難得麥可不再防備我們了。
對不起啦~~
快出來~~
麥可~~
過來吧，沒事的！
我們跟你是一國的唷！

你終於懂我們的心意了！
好乖好乖
來，過來！
……
……
哈……
嗚喵
哈～～
啾～～
笨蛋！
明明都快成功了～
對不起啦～～
我沒有惡意啊～～
看來要麥可變得親人，還有很長一段時間……

THE END

Vol.100
喉嚨怪怪的？
……
……
……
……
……
……

喔……嘔……
……
……
嘔~嘔……
這個女人是孕吐……
……
……
……
……
喔……噁……
……
……
……
……

嗯……
哇～
這個男人
是宿醉……
……
……
……
……
嘔
咳咳
咳咳
這隻貓
是有毛球
卡住喉嚨……

……
……
……
……
……
……
呵呵！
……
這個女人是因為肚子裡的寶寶動了一下，感覺癢癢的而笑……

……
……
……
……
……
嘿嘿！
……
這個男人剛剛撿到一百圓……
……
咦……

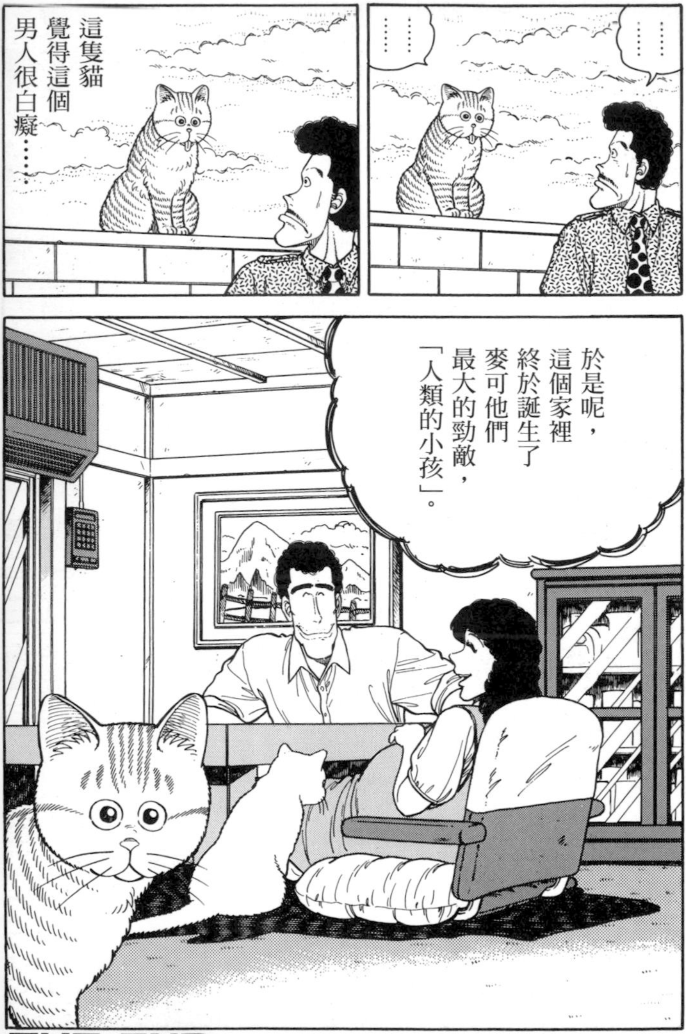
……
……
這隻貓覺得這個男人很白癡……
於是呢，這個家裡終於誕生了麥可他們最大的勁敵，「人類的小孩」。

THE END

Vol.101 陽台的欄杆

……
ダダッ
*跑
咦……
……

我……我說過不要走在那上面吧～～
嗚喵
啊啊啊～～
別在那裡轉身啊～～！
過來！過來……
下來吧！
快點快點

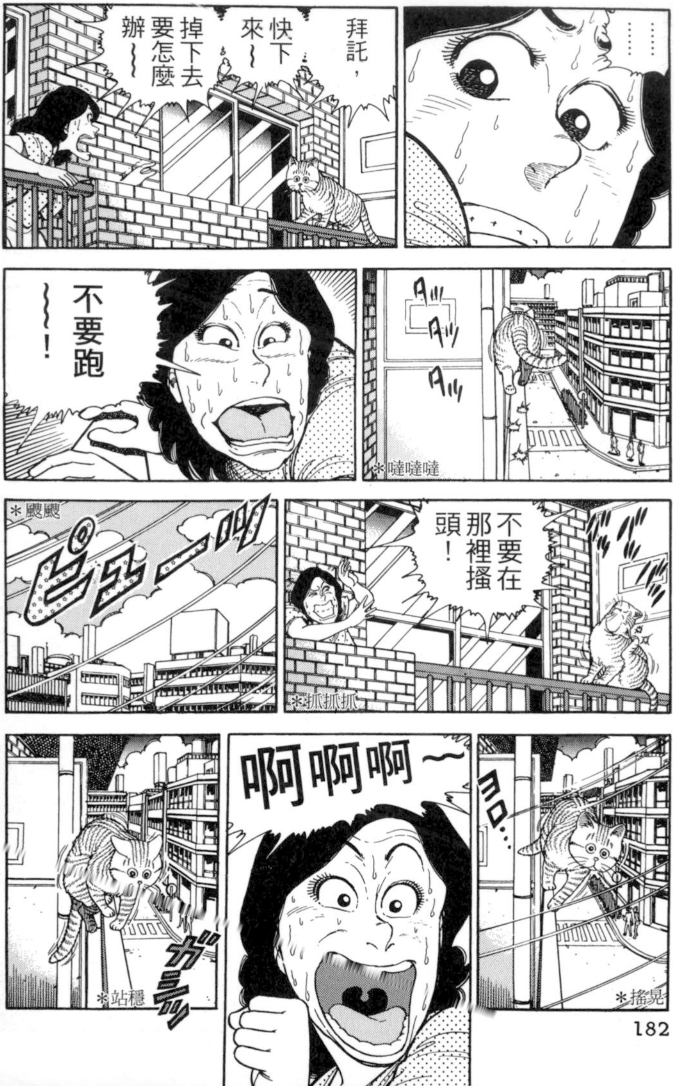
……
拜託，快下來～掉下去要怎麼辦～～
タッ タッ タッ
*噠噠噠
不要跑～～～！
不要在那裡搔頭！
*抓抓抓
*颼颼
ヨロ…
*搖晃
啊啊啊～
*站穩

呼～～
來……過來！
這邊喔這邊！
＊啪嗒啪嗒
嗚喵
對喔！
過來吧麥可！
咦……
啾啾
＊啪嗒啪嗒
啊～～
啾啾
嗚嘎嘎嘎……

不要管那麻雀啦！
啾
啾
嗚喵～
*跳
啊啊啊啊啊～
麥可又不是會為了抓麻雀而掉下去的笨蛋……
嗚喵
你在嗚喵什麼鬼啦～
今天好像有點把人嚇過頭了……

THE END

Vol.102
生產賀禮
御祝
松本
寿
小柴
寿
汐崎
嗚咕～～
嗚咕～～
就這樣，小珠美出生了……
麥可！波波！這是你們的妹妹小珠美喔。
要好好相處噢！
……
……

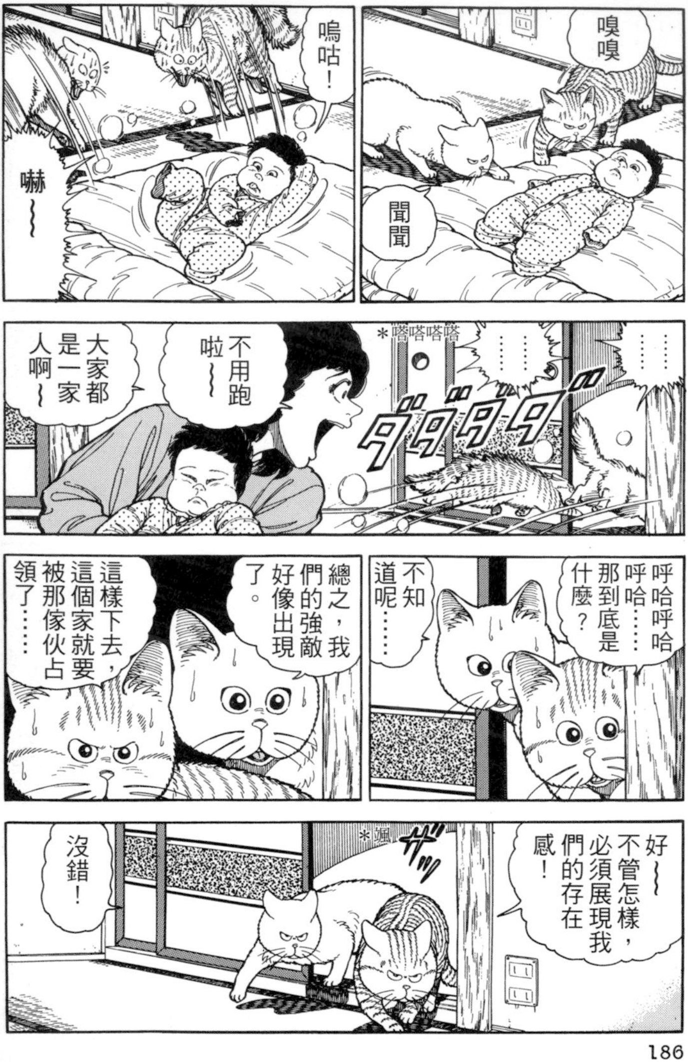
嗅嗅
聞聞
嗚咕！
嚇～～
……
……
＊嗒嗒嗒嗒
不用跑啦～～
大家都是一家人啊～
呼哈呼哈呼哈……那到底是什麼？
不知道呢……
總之，我們的強敵好像出現了。
這樣下去，這個家就要被那傢伙占領了……
好～～不管怎樣，必須展現我們的存在感！
＊颯
沒錯！

啊~~來幫她換尿布吧~~
嗚咕
嗚咕
預備備……
……
……
……
嗚喵~~
ゴロン
嗚喵喵~~
＊滾動
啊~~她笑了~~
小珠美笑了耶~~
好可愛唷~~~!
……
……
竟……竟然沒用!我們的「嗚喵喵攻擊」不管用了!
輸給「嬰兒笑容攻擊」了~~

可怕的對手……
好吧~既然這樣就只能使出催飯的招數了！
了解！
啊嗯~
啊嗯~
啊嗯~
嗚呀啊啊啊啊啊啊~
……
……
嗚啊啊啊啊~
乖啊乖啊
馬上就來喝奶奶唷！
嗚啊啊啊~

「餓餓攻擊」也沒用……
輸……輸了啊……
這樣一來，只能承認那傢伙了吧……
沒錯，那傢伙太厲害了……
給她我們的祝福吧！
嗯……

THE END

Vol.103
都市生活

這裡是都市——
*咔——
ガァ——
プァ——
*叭叭——
アサヒビール
ミラージュセンター
山行
マリナード
Nicole
嗅嗅
好……這裡也沒有異常……

麥可的一天，就從檢查地盤開始。
嗯……肚子餓了呢……
……
蕎麥烏龍
そば
……
今天就選這家店吧！
ESTAURANT
本日の
モーニン
サー

喔……這不是小舔舔嗎……
好久不見了。
等等噢！我去拿火腿給你。
這家店幫麥可取名為小舔舔，而隔壁的店家，則叫麥可嗚喵喵。
好，肚子也填飽了。
ザッ ザッ
*沙沙！

※沙沙！
雖然在都市，上廁所卻意外地方便。
工作也結束了，
來休息一下吧……
收費停車

THE END

Vol.104 相親
這位是波波，畢業於嗚喵喵大學，現在擔任家事服務員。
您好，我叫波波，
請多多指教。
然後，
這位是伸之助，畢業於汪汪大學，現在任職於咕嘟咕嘟商事。
我是伸之助，
請多指教……

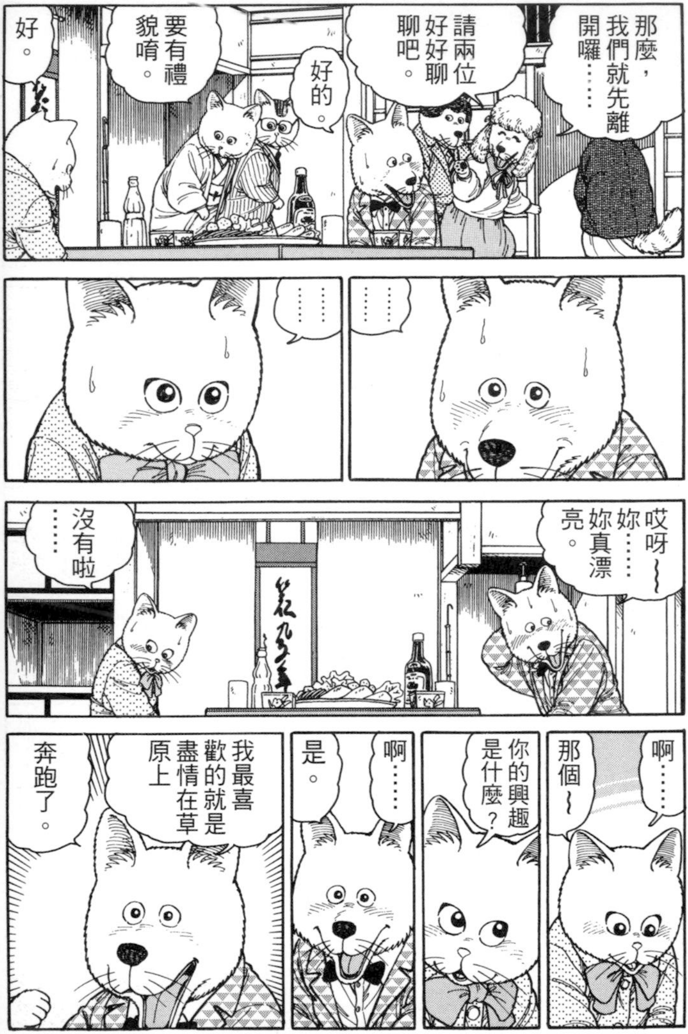
那麼，我們就先離開囉……
請兩位好好聊聊吧。
好的。
要有禮貌唷。
好。
……
……
哎呀～妳……妳真漂亮。
沒有啦……
啊……那個～
你的興趣是什麼？
啊……是。
我最喜歡的就是盡情在草原上奔跑了。

啥……
……
波波小姐的興趣是什麼呢？
嗯……這個……
睡覺。
我最喜歡安安靜靜的……
啥……
……
……
那……那麼波波小姐，妳喜歡什麼樣的男性？
嗯……這個嘛……
我喜歡很會爬樹的男性。

呃……
真……真抱歉……
我不會爬樹。
呃……
……
……
但是，我很會抓小偷或是追小偷！
這點常常獲得稱讚噢！哈哈哈哈哈
啥……
波波小姐有什麼擅長的事嗎？
咦……
嗯……
我擅長的事啊……

當小偷。
大家都稱讚我跑得很快呢……
啥……
……
……
那……伸之助先生，你想建立什麼樣的家庭？
我覺得……
在大草原那樣寬廣的地方，
大家一起過著開朗的團體生活……

呃……
波波小姐呢，妳想建立什麼樣的家庭？
嗯……這個……
在洞穴那種狹窄的地方，
過著隨心所欲的生活。
呃……
……
……
……
……
這次相親，
果然無法產生共識……

THE END

Vol.105
辛苦了·Nice Swimming
今天的天氣很棒，所以我就把麥可帶到附近的公園來了。
起初畏畏縮縮的麥可，
很快就習慣了環境開始玩起來……
嗚喵
啊哈哈哈，別跑太遠噢！

咦……
＊嗖
嗚嘎嘎嘎嘎嘎
＊快跑
＊跳
嗚喵～
＊啪嗒啪嗒
啊喵
嗚喵喵喵～～
＊撲通

呼呀~~
嗚喵喵~~
*嘩啦嘩啦
啊~~~
麥可~~~!
*嘩啦嘩啦
啊啊~~~
呼呀~
忍耐一下,
我現在就去救你喔~~!
嗚喵~~
呼呀~~
*嘩啦嘩啦

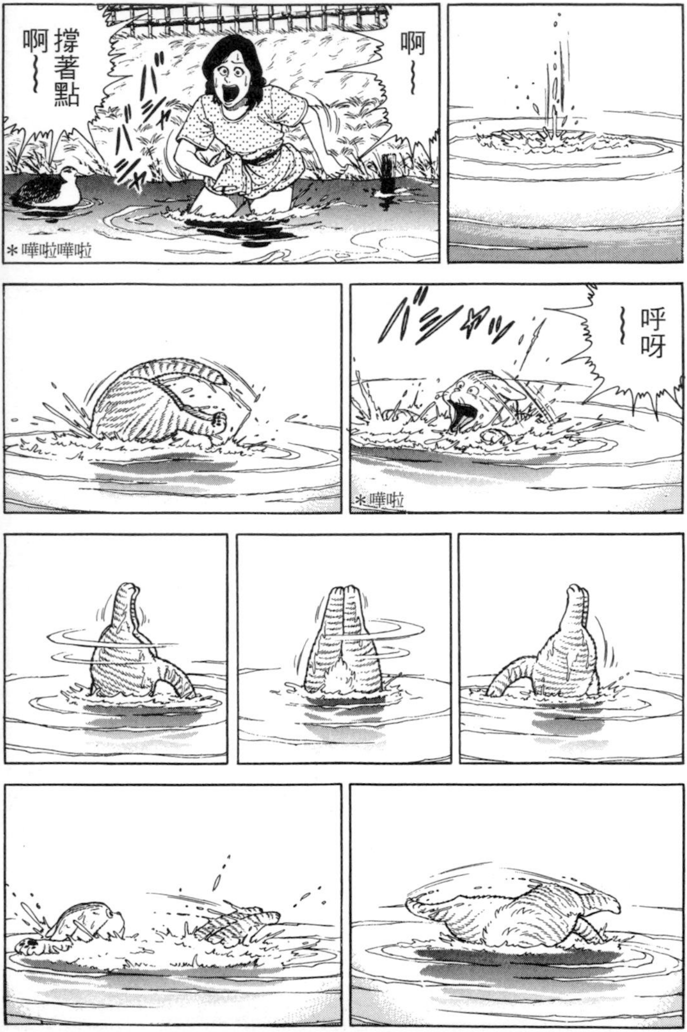
啊~~
撐著點啊~~
バシャバシャ
＊嘩啦嘩啦
呼呀~~
バシャッ
＊嘩啦

THE END

Vol.106
絕喵追殺令III
理查・金不理
職業——獸醫
理所當然的正義，有時也會遭到蒙蔽……
他身陷殺妻疑雲、背負姦淫之罪，被宣判死刑，卻在押送途中因為火車意外而驚險逃脫。
他一邊躲避固執的吉拉德警探，
sutro baths
cosmetics
一邊追查從命案現場離開的暴牙男，
理查・金不理的逃亡生活還沒結束……

SAN FRANCISCO
卡拉OK大會
*口哨聲
*哇
咦……
我會喝太多～的原因～～♪
啊～～都是因為你啊～～♪
啊……那個男的……
哈……
暴……暴牙男！
終於找到你了！
*衝
等等！
*跑
可惡……

你跑什麼？
犯人果然就是你吧！
閉嘴！
＊嘰咿咿
＊呀
嗯……
喔～～不～～～！
麥可～～～！
哇～～有貓被車輾過去了～
……
只要抓到那個男人就能證明我的清白，
可是……

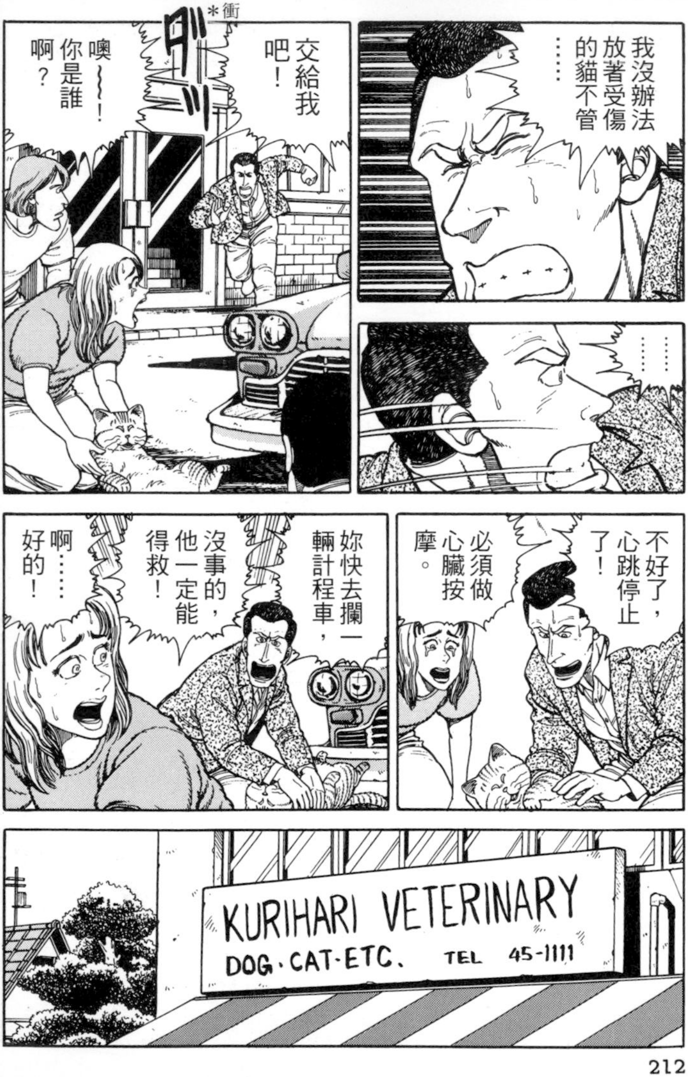
我沒辦法放著受傷的貓不管……
……
交給我吧！
*衝
噢～～！你是誰啊？
不好了，心跳停止了！
必須做心臟按摩。
妳快去攔一輛計程車，
沒事的，他一定能得救！
啊……好的！
KURIHARI VETERINARY
DOG·CAT·ETC、 TEL 45-1111

已經沒事了，幸好及早做了適當處理……
太好了麥可！
你曾經當過獸醫嗎？
呃……
不……沒有……
那麼我先走了……
咦！
請等一下，我還想好好向你道謝。
謝啦，但是我的時間不夠了。
咦……

真可愛的磁鐵……
ピシッ
＊叮
……
……
ピシッ
＊叮
開個小玩笑！嘿嘿嘿嘿嘿嘿
啊哈哈哈哈哈哈哈哈
逃亡者理查·金不理，
到底何時才能重獲自由……
michaels

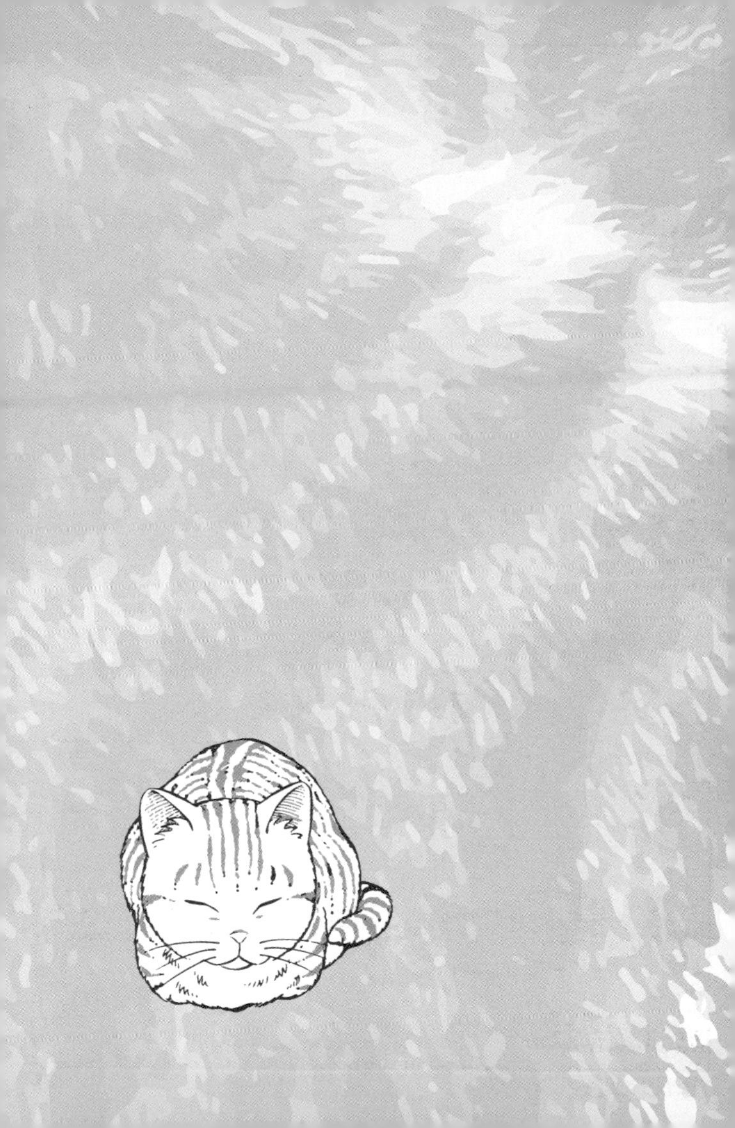

貓咪也瘋狂 3

What's Michael? 3

作　　者　小林誠
譯　　者　李韻柔
美術設計　許紘維
內頁排版　高巧怡
行銷企畫　林瑀、陳慧敏
行銷統籌　駱漢琦
業務發行　邱紹溢
營運顧問　郭其彬
責任編輯　吳佳珍、賴靜儀
總 編 輯　李亞南
出　　版　漫遊者文化事業股份有限公司
地　　址　台北市105松山區復興北路331號4樓
電　　話　(02)27152022
傳　　真　(02)27152021
讀者服務信箱　service@azothbooks.com
發　　行　大雁文化事業股份有限公司
地　　址　台北市105松山區復興北路333號11樓之4
劃撥帳號　50022001
戶　　名　漫遊者文化事業股份有限公司
初版一刷　2019年1月
初版六刷(1) 2022年2月
定　　價　新台幣899元（全套不分售）
I S B N　978-986-489-023-1（套書）